하나님을 만난 세 여자

하느님을 만난 세 여자

김성아

하느님을 만난 세 여자

이 책의 내용은 하느님께서 지극히 평범한 한 여인의 80년 가까운 생애를 참으로 다정히 동행하시며 눈으로 말씀으로 모습으로 보여주신 수많은 천국의 신비들과 저자인 김성아 마리아 씨의 삶 안에 직접 행하셨던 놀라운 기적들에 대한 증언을 기록하였다.

그리고 주님 성탄 미사 때 예수님과 성모님께서 저자 카타리나 리바스 씨 앞에 극적으로 나타나시어 미사 안에서 일어나고 있는 놀라운 신비들을 그녀에게 직접 보여주시며 교육하신 증언도 실었다.

또한 저자 글로리아 폴로 오르티즈 박사가 벼락맞은 후 죽음 가운데서 만난 하느님과 천국, 그리고 그녀가 보았던 악마와 지옥에 대한 증언들을 함께 모아 보았다.

나라가 다른 이 세 여자들은 서로 대면한 적도 없고 나이도 얼굴도 전혀 모르는 사람들이지만 이들의 한결같은 증언은, 하느님은 참으로 살아계시며 인간 세상을 다스리시고 계신다는 사실과 천국과 연옥과 지옥은 분명히 존재하고 있음을 직접 그들의 두 눈으로 생생하게 보았던 사실들을 증언하고 있다.

머리글

깊이 숨겨뒀던 값진 보석이듯 내 칠십 평생 동안 나만이 소중하게 간직해 왔던 내가 만난 하느님과 내가 본 천국의 사실들을 내 나이 73세였던 2016년 5월에 처음으로 《내가 만난 하느님》이란 제목으로 책을 출간하여 세상에 알리게 되었다.

한참 뒤늦은 나이에 내가 본 천상의 신비들을 세상에 공개한 이유는 참으로 살아계시는 하느님과 진실로 존재하는 내가 본 천국과 연옥과 지옥, 그리고 긴 세월 동안 나의 모든 삶 안에 나와 함께 동행하시며 내게 보여주셨던 수많은 천국의 신비들과 내게 행하셨던 기적의 사건들을 그 어느 누구에게도 전하지 않은채 말없이 내 생애를 마감할 수는 없었다.

다시 말해 주님께서 내게 보여주시고 행하셨던 그 많은 기적의 선물들, 바로 내게주신 그 많은 탈란트를 도저히 땅속에 묻어 둘수만은 없었다. 그래서 이제부터라도 내게 행하신 그분의 놀라운 행적들을 모든 이들과 함께 나누어 그분의 현존을 다함께 느낄 수 있기를 바라며 뒤늦은 나이에 용기를 내어 펜을 들고 쓰기 시작했다. 그 길이 내가 그분께 드리는 마땅한 도리요, 의무 이자 내게 주어진 사명이라 생각했기 때문이다.

또한 이 모든 진실된 사실들에 티끌만큼의 오염도 원치 않아 어떤 집필가의 도움도 없이 내가 직접 보고 들은 참된 사실들을 내 손으로 한 줄 한 줄 기록하였다.

그래서 매끄럽지 못하고 서투르고 미숙한 문장이긴 하겠지만 그분께서 내게 보여주신 그대로를, 그리고 내가 직접 보고 들은 그대로를 쓴 글이므로 이 세상 그 어디에도 없는 고귀한 글이라 자부한다.

2장

주님 성탄 미사때 예수님과 성모님을 만난 카타리나 리바스의 증언

3장

벼락을 맞았습니다

1장

내가 만난 하느님

나의 기적적인 출생

1943년 2월 17일(음력 1월 13일) 내가 태어나던 이 날은 집안의 경사가 아닌 공포의 날이었다. 자연의 섭리를 뒤엎고 머리 대신 발부터 뻗고 나온 나는 어머니(차순남 여사)의 생사는 물론, 온 집안 식구들을 근심 걱정 도가니로 몰아넣는 요란을 떨며 강원도 강릉시 재생 병원집 다섯째 딸로 태어났다.

이러한 난산일 경우 지금은 개복 수술로 쉽게 아이를 꺼내지만 그 당시의 의술로서는 거꾸로 나오는 아이를 빼낼 방법이 없었다 한다. 왜냐하면 머리부터 나오면 순탄하게 출산하게 되어 있지만 발부터 나올 경우는 얼굴의 턱이며 팔이며 사방이 걸려서 빼낼 수가 없었다 한다. 그래서 우선 산모를 살리기 위해 태아를 잘라내는 방법뿐이었기에 그 당시엔 살아 나오는 아기가 없었다고 했다.

그러나 나는 일제 강점기에 조선인에겐 하늘의 별따기보다 어렵다는 서울의대(경성의전) 출신이셨던 의술 좋은 아버지 덕에 기적적으로 상처 하나 없이 잘 태어났고 아버지 석성기(石成基)

원장님은 내 덕으로 '명의'라는 호칭을 얻어 유명세를 타시게 되셨다.

사실 나의 부친께서는 내 덕으로 '명의'가 되셨던 분은 결코 아니다. 고향인 경북 상주의 갑부 집안 막내아들로 태어나 조선인으로서는 감히 꿈도 꿀수 없는 서울 의대에 합격할 수 있었던 재원이셨고, 졸업 후 일본인들의 질투와 협박에 못이겨 평소에 그리던 산수 좋은 강원도에 자리를 잡으셨다 한다.

그리고 6·25 전쟁 후엔 부산에서 개인 병원장과 그후 전남 순천 도립병원 원장으로서 그곳 간호 학교도 설립하셨고, 그리고 대전 도립병원장을 지내시며 수술의 대가로 유명하셨던 분이셨다.

내 나이 4세 때의 기적

내가 4세 때였다. 나는 내 또래의 아이와 함께 우리집 이층 다다미 방에서 키가 닿지않는 창문 밖을 서로 내다보겠다고 깡충깡충 뛰다가 창문을 향한 나의 점프가 상상을 초월해 순간 내 머리는 창밖으로 빠져나갔고 뒤따라 내 몸도 함께 딸려나가 나는 마치 한 마리의 새처럼 하늘을 날며 땅으로 떨어지고 있었다.

그 당시의 기억은 아직도 또렷하다. 내 몸이 창밖으로 튀어나왔을 때 나는 우리집 뒷마당의 땅을 언뜻 보았고 그 후 떨어지는 동안의 기억은 전혀 없었으나 잠시 후 나는 뒷마당 야채밭 위에 양반다리로 앉아 있었던 때를 기억한다. 그리고 그때 요란한 비명 소리와 함께 황급히 내게로 달려오던 우리 병원 간호사들과 조수들, 그리고 집 끝채에 살고 있던 집안 하인들이 나를 향해 소리치며 달려오던 그들의 모습을 나는 아직도 생생하게 기억한다.

그때 어머니는 너무나 큰 충격으로 완전히 넋이 나가 이층

계단을 붙잡고 한 발도 움직이지 못하셨다고 했다. 그러나 나는 기적처럼 살아 그런 엄마의 품 안에 안겼다. 그리고 아버지는 즉시 검진을 시작하셨다. 그러나 아버지의 철저한 진찰 결과는 내 몸 그 어디에도 상처 하나 없었을 뿐만 아니라 내 건강에도 전혀 이상이 없었다는 것이다.

그 이유는 떨어지면서 뒷마당에 매어있던 빨랫줄에 내 뒷목이 잠깐 걸렸다가 아래 야채밭 위로 살짝 내려앉듯 떨어졌기에 상처란 다만, 내 목 뒤에 약간 붉은 빨랫줄 자국뿐이었다 한다.

그때 나를 믿을수 없는 눈길로 한없이 신비로이 바라보시던 아버지의 얼굴 모습을 나는 지금도 기억하며 혼자 미소 짓곤한다.

내가 15세 때 만난 천사들

내 나이 7세 때 나는 6·25 전쟁으로 인해 강릉에서 부산으로 피난을 했고, 그때 믿음 좋은 둘째 언니(석종애)를 따라 처음으로 하느님의 집인 교회를 방문해 언니와 함께 다닌 적이 있었다. 그렇게 나의 교회 생활은 철없을 때 잠깐 다녔던 기억뿐이다.

그런데 내가 15세 되던 해의 봄이었다.

이른 새벽, 옅은 꿈결에 어디에선가 잔잔히 들려오는 세미한 고운 음율과 함께 나는 어떤 황홀한 신비의 세계에 머무르게 되었다.

내가 잎이 무성한 어느 나즈막한 나무밑에 서 있었는데 내 발밑은 수많은 뿌리들이 마치도 굵게 튀어나온 건장한 남자의 혈관들 처럼 울퉁불퉁하게 땅 위로 솟아 올라와 있는 그 나무의 뿌리들을 밟고 서 있었다.

그때 갑자기 내 앞에 커다란 날개를 단 한 여자 천사가 바로 내 앞 아주 가까이에서 조금의 흔들림도 없이 유유히 날고 있었다.

그때 내가 팔을 앞으로 쭉 뻗으면 바로 닿을 수 있을 것 같은 거리에서 그 천사는 자기 키보다 더 큰 날개를 접고 서서 나를 향해 부드러운 미소를 지으며 나만을 똑바로 바라보고 있었다.

나 또한 너무나도 신비로운 그녀를 넋을 잃고 바라만 보고 있었는데 그때 그 천사는 내게 무엇인가를 말 하려는 듯했으나 그저 잔잔한 미소만을 내게 전했고, 우리는 그렇게 한참을 서로 바라만 보고 있었다.

그때 갑자기 그 천사만을 바라보고 있던 내가 어느 순간 내 몸은 하늘 위에 떠 있었고 내 두 눈은 화창한 푸른 창공을 유유히 날고 있는 많은 천사들을 보고 있었다. 그 천사들은 확 트인 넓은 하늘을 아주 여유로이 천천히 날고 있었다. 이렇게 내 눈앞에 펼쳐진 그 신비로운 광경들은 참으로 놀라웠다.

그 신비로운 광경을 넋을 잃고 바라보고 있던 내 두 눈이 갑자기 하늘 위 어떤 하얀 옅은 구름으로 덮혀 있는 한 특정한 곳으로 집중되었다.

그리고 바로 그곳에서는 놀라운 일이 벌어지고 있었다.

하얀 구름이 엷게 덮힌 특정한 그 한 곳으로부터 수많은 천사들이 한 명씩 또는 짝을 지어 매우 여유스럽게 천천히 그 구름으로부터 계속 빠져나오고 있었다.

그런데 어떤 천사는 그 옅은 구름에서 등과 엉덩이부터 둥둥 뜨듯이 빠져나왔는데 그때 나는 그 구름에서 막 빠져나오던 그 천사의 얼굴까지도 또렷이 보았다. 그리고 나는 그 천사의 얼굴을 아직도 정확하게 기억하고 있다. 발그스레한 피부와 통통한 얼굴에 크고 둥근 눈을 가진 신비로움이 감도는 아름다운 어린 천사의 모습이었다.

이렇게 여러 계층의 천사들이 함께 어울린 수많은 천사들은 너무도 평화스러이 하늘 위를 둥둥 뜨듯이 날고 있었고, 그 넓은 하늘 위의 특정한 그 한 곳으로부터 수많은 천사들이 한없이 여유로운 모습으로 천천히 빠져나오고 있는 그 광경은 이루 말로 표현할 수 없이 경이롭기 그지없었다.

그 특정한 곳엔 흰 구름으로 엷게 가려져 있어 나는 그 윗쪽을 볼 수는 없었지만 마치도 그곳이 하늘의 문인 듯도 했다. 그래서 천사들이 휴가를 받아 그 하늘문을 통해 한 명 또는 두 명씩 짝을 지어 매우 한가로이 창공으로 나들이 나오고 있는 듯도 했다.

이렇게 제각각 또는 짝지어 나온 수많은 천사들은 부드러운 날갯짓으로 나와 아주 가까이에서 또는 나와 조금 떨어진 거리에서까지도 모두들 나를 중심으로 오직 내 주위만을 감돌며 자유로이 온 하늘 위를 유유히 날고 있었다. 다시 말하면 나는 그 수많은 천사들로 둘러싸여 있는 듯했다.

마치 내가 주인공인 듯했고 나를 환영하는 축하의 연회인 듯도 했다.

이렇게 천사들의 춤의 공연은 오랫동안 창공 위에서 벌어지고 있었다.

꿈을 깬 나는 그저 신비로운 아름다운 꿈을 꾸었다고만 생각했다. 그런데 79세가 되어가는 지금까지도 그때의 그 황홀했던 모든 장면들과 그때 만났던 천사들의 얼굴 모습까지도

또렷이 기억하게 하시는 그분의 뜻은,

분명, 나에게 베푸신 당신의 사랑을 잊지 말라시는 경고이시리라!

그 후 천방지축이었던 내가 조금씩 철들기 시작하면서 어느 날 문득 떠오르는 나의 출생 때와 4세 때의 기적 같은 일들을 회상하면서 누가, 왜, 이 죽음의 순간들에서 내 생명을 구해 주었을까 ? 하는 의문이 생기기 시작했고, 또 이런 의문들 속에서 보이지도 않고 만질 수도 없는 그 어떤 막연한 신비의 존재에 대해 관심을 갖기 시작했다.

그 신비의 존재는 왜, 보잘것없는 나에게 그토록 놀라운 기적을 베풀면서까지 내 생명을 구해주셨을까?

그리고 이 작은 머릿속에 보여주신 모든 사건들을 왜 이토록 깊이, 그리고 섬세하고도 생생하게 심으셨을까?
혹시 내가 그분을 위해 무엇을 하기를 원하시는 걸까?

이같은 많은 의문들은 말없이 내 안에서 계속 살아 활동하고 있었다.

먼 훗날 나는 깨달았다. 부족함이 너무나 많아 그분의 도움 없이는 인생을 살아갈수 없는 나 였기에 그분께서는 나도 모르게 조용히 내 곁에 머무르시며 나의 부족함을 채워주시며 내 삶의 길을 인도하시고 계셨음을!

그 후 나는 진명여고를 거쳐 1961년 2월 이화여자 대학교 과학과(생물 전공)에 입학했고, 그해 봄 이화여대에 속해 있던 미국 선교사 에스터 목사님으로부터 세례를 받았다.

이렇게 나는 뒤늦게 하느님의 호적에 오르게 되었고, 드디어 정식으로 하느님의 딸로 등록되어졌다.

개천(하늘이 열리다)

내 나이 27세 되던 해 4월 부활 주일 전날 이른 새벽 꿈이었다.

나는 어느 높은 건물에서 창문을 열고 밖을 보고 있었다. 그런데 갑자기 하늘이 열린 듯 하늘 전체가 눈부시게 환~해지면서 그곳에 '개천(開天)'이라는 두 글자가 한글로 하늘의 절반을 채우며 하늘 한가운데에 써지고 있었다.

마치 비행기가 흰 연기를 뿜으며 줄을 그려가듯 글이 써지고 있었는데 그때 나는 또렷이 보았다. 글이 써지고 있을 때 정확한 손은 볼 수 없었지만 한 손가락의 끝이 그 글을 쓰고 있는 것을 보았다. 그때 나는 그 신비로운 광경을 옆에 있던 식구들에게 보여주려고 하늘을 가르키며 소리쳤지만 안타깝게도 아무도 그 광경을 보지 못했다.

다음날 아침(내가 교사로 있던 학교는 착실한 기독교 학교였기에 성탄절과 부활절을 성대히 지냈다.) 나는 그날이 학교 부활 주일 잔칫날임을 까맣게 잊은 채 출근을 하고 보니 다행히 내 반 아이들은 고3 학생들이었기에 담임 선생의 도움 없이도 그들 자체로 부활 잔치 준비를 잘하고 있었다.

사실 그 당시 나는 부활의 참뜻도 깊이 깨닫지 못한 채 그저 예수님께서 부활하신 날이라고만 막연히 알고 있었던 때였다. 그런 나에게 부활의 참뜻을 깨닫게 하시려고 그런 장면을 보여주신 듯하다.

왜냐하면 그 사건 이후 나는 부활 시기만 되면 하늘이 열리던 그때의 장면이 떠올라 이젠 예수님의 부활 전과 후의 모든 사건들이 내 안에 확실하게 자리잡게 되었기 때문이다.

나의 부친 별세 때와 김활란 총장님의 별세 때 나타나신 예수님

나는 1970년 11월 25일 육군 사관 학교 교관이었던 김동민 소령과 결혼을 했고 3주 후에 나의 부친 석성기 박사께서 별세하셨다. 나의 부친께서 소천하시던 날 새벽 꿈에 나는 난생 처음으로 거대한 예수님의 얼굴을 뵈었다.

내 앞에 거대한 두 개의 산이 양쪽으로 잇닿아 있었고 그 두 개의 산 사이로 산보다 더 큰 예수님의 얼굴이 나타나셨는데 그때 그분의 얼굴엔 슬픔이 가득해 보이셨다. 그런 그분의 모습을 나는 한참 동안 바라보고 있었다.

꿈을 깨자 이른 새벽 아버지께서 소천하셨다는 소식이 전해왔다. 그동안 크게 편찮으시지 않으셨기에 그 갑작스러운 소식은 우리 모두에게 너무나 큰 충격이었다. 이렇듯 다정하신 주님께서는 갑자기 아버지를 잃은 나의 슬픔에 동참하시듯 슬픈 모습으로 내게 나타나 주셨다.

그리고 3개월 후 1971년 2월 어느날 새벽이었다. 그날 밤에도 아버지의 별세 때와 정확하게 똑같이 내 앞에 거대한 두 개의 산이 있었고, 그 산 사이로 거대한 예수님의 얼굴이 나타나셨는데 그때도 그분의 얼굴은 깊은 슬픔에 잠기셨고 이번엔 그분이 고개를 아래로 떨구시는 모습을 보았다.

꿈을 깬 나는 무슨 일인가를 잠깐 생각했고 곧바로 출근을 서둘렀다. 그리고 그날 아침 출근길 버스 안에서 나는 뉴스를 통해 바로 그날 새벽에 이화여대 총장 김활란 박사께서 별세하셨다는 소식을 듣게 되었다.

그래서 나는 주님께서 미리 내게 총장님의 소천을 알려 주셨구나 생각하며 주님께서 많이 사랑하시고 아끼시던 딸의 죽음을 크게 슬퍼하시던 주님의 모습을 다시 기억하며 간절한 마음으로 총장님의 명복을 빌었다.

이렇게 참으로 다정하신 주님께서는 나를 낳아 길러주신 내 육신의 아버지와 내가 세례를 받아 하느님의 딸로 태어날 수 있도록 모든 여건을 마련해 주셨던 영적 어머니인 김활란 총장님!

이 두 분에 대한 고마움을 길이길이 내 마음 안에 담으시려고 두 번씩이나 똑같은 모습으로 내게 나타나셨으리라 믿는다.

이렇게 나는 고마우신 두 분 덕택에 영광스러운 주님의 얼굴을 두 번씩이나 뵐 수 있는 놀라운 행운을 얻게 되었다.

이토록 다정다감하신 나의 주님께 감사와 찬미와 영광을 영영세세토록 올려 드리리라!

주님께서 이끄신 회개

1972년 2월 19일 내가 첫아들 김정환(George)을 낳은 후 어느 날 참으로 순수하고 사랑스러운 갓난아이를 신비로이 바라보고 있을 때 갑자기 내 마음속 깊은 곳으로부터 알 수 없는 뜨거운 감정이 솟구쳐 올라왔다.

그 감정은 나의 모든 죄들을 말끔히 씻어내어 참으로 내 자신이 이 갓난아이와 같이 한없이 순수해지고 싶은 마음의 충동이었다.

내 나이 29세 동안 한 번도 느껴본 적도 추호도 생각해본 적도 없었던 감정이었다. 그리고 그 충동은 매우 열정적이어서 지금 생각해 보면 보이지 않는 어떤 힘이 나를 그 길로 이끄셨던 것 같다.

그때 마침 내가 교사로 있던 학교에 피원균 교목 선생님이 계셨다. 그래서 나는 내 마음 안에 솟구쳐 오르는 회개의 충동을 억제할 수 없어 즉시 그분과 약속을 했고 다음 날 나는 목사님을 만났다.

그때 내가 그분 앞에 앉자 내 입에서 회개의 말들이 나오기도 전에 내 눈에서 눈물이 쏟아지기 시작했는데, 그때 나는 그 흐르는 눈물들을 내 의지로서는 도저히 막아낼 길이 없었다. 그리고 내 입 또한 나의 잘못들과 함께 무슨 말들을 하고 있었는데 내겐 전혀 기억도 없는 말들까지 술술 토해내고 있었다. 한참 동안을…

이렇게 나는 긴 시간 동안 끝임없이 흘러내리던 그 뜨거운 통회의 눈물로 내 안의 죄들을 말끔히 씻어내고 있었다.

그 고백 후 내 몸과 마음은 하늘을 나는 깃털같이 가벼웠고 내 영혼은 신비로운 환희로 가득차 얼마나 평화스럽던지!

29년이란 세월 동안 하늘 한 번 바라볼 여유도 없이 살아온 내 두 눈이 나도 모르게 파아란 하늘을 아주 오랫동안 바라보고 있었다.

지금도 나는 때때로 그때의 그 신비로운 감격으로 가득차 한없이 하늘을 바라보던 그 순간을 기억하며 표현할 수 없는 아늑한 행복에 젖는다.

그때 알 수 없는 환희로 가득차 내 영혼이 파아란 하늘을 훨 훨 날았던 것은 내 안의 더러움이 깨끗하게 씻겨 나간 후 내 영혼 안으로 따스히 안겨든 참으로 평화로운 자유였다.

지금 생각해보면 그 신비롭던 자유는 바로, 내 영혼이 악의 구속에서 해방되어 기쁨에 넘쳐 훨훨 주님께로 향하는 환희의 자유였던것 같다.

그때의 그 신비롭던 자유와 평화의 순간들을 내가 어찌 잊을 수 있으랴! 이렇게 나는 참으로 신비로운 자유를 맛보았던 그때의 순간들을 지금도 고스란히 기억하고 있다.

우리 주님께서는 깨끗한 영혼 안에만 깃드시기에 주님께서 내 영혼 안으로 임재 하시기 위해 그 많은 눈물들로 나를 정화시키셨구나 ! 생각하니 뜨거운 감사가 가슴을 메어왔다.

생명록에 기록된 내 이름

그 후 여러 달이 지난 어느 날 새벽
나는 또 한 번의 참으로 고귀한 축복의 꿈을 꾸었다.

주님의 은혜로 내리신 꿈들은 항상 매우 이른 새벽이었으며 정확히 2~3분 정도로 매우 집중적으로 보여주셨다. 그리고 아주 미세한 작은 부분까지도 정확하고 선명하게 마치 그림에 색채까지 넣고 그려 낼 수 있도록 보여주셨다. 그래서 그 꿈들은 내 일생 동안 내 머릿속에 또렷이 새겨질 수 있게 된 것 같다.

그 꿈은 이러했다. 내가 학교 교무실 안의 내 자리에 앉아 있었는데 급사 아이가 내게 다가와 매우 조심스레 내 귀에 대고 2층 교목 선생께서 나를 부르신다고 말해 주었다. 나는 곧바로 교목실로 올라갔고 교목실 방 안으로 들어서자 교목님께서 한 자리를 권하셨다. 나는 권하시는 자리에 앉았다. 그리고 앞을 보니 두쪽 문이 달린 커다란 세 개의 캐비닛이 방 안의 한 벽을 채우고 있었다.

그런데 교목님이 그중 가운데 캐비닛을 열고 계셨다. 나는 무심코 그 캐비닛 안을 보게 되었는데 그 안엔 무척 두꺼운 책들이 가지런히 채워져 있었다. 그리고 교목님은 캐비닛 안의 중간 칸에서 두꺼운 책 한 권을 꺼내시어 내 앞에 펼쳐 놓으시며 내게 말씀하셨다.

"이제 석 선생님 이름이 생명록에 기록되었습니다."

이렇게 내게 말하고 있을 때 내 눈은 이미 그 책장의 밑에서 세 번째 줄에 한글과 한문으로 된 내 호적 이름 '석종성(石鐘聲)이란 글자를 보고 있었다.(내 호적 이름 종성은 '쇠북 종소리'라는 뜻을 가지고 있으며 끝자만 부르는 경상도의 관습에 따라 모두가 '성아'라고 불러왔고 성(Last name)은 미국 관습에 따라 남편 성으로 바뀌어 '김성아'가 되었다.)

이렇게 나는 생명록에 기록된 내 이름을 오랫동안 지켜보았다.

그리고 꿈을 깬 나는 너무나도 신기하고 또 행복하기 그지없어 오랫동안 누운 채 그 꿈을 몇 번이고 되새겨 보았다.

이렇게 나는 순전히 하느님의 은혜로 내 이름이 생명록에 오르게 된 행운아가 되었다.

예수님과의 찬란한 독대

1972년 2월 첫아들을 낳고 6개월 후인 8월에 남편은 미국으로 유학을 떠났다. 그리고 다음해인 1973년 2월 12일 나는 둘째 아들 김경환(Abraham)을 낳았다. 그리고 6개월 후 나도 두 아들과 함께 미국으로 건너왔다.

그런데 항상 밖에서만 활동하던 내가 갑자기 집안에 갇혀 살아야만 했던 나의 미국 생활은 그야말로 철창 없는 감옥이었다. 환경이며 말이며 할 것 없이 불편 그 자체였기 때문이다. 그 불편함 속에 몸과 마음이 한없이 나약해지고 있을 때였다.

그러던 어느 날 나는 깊은 새벽 꿈속에서 마치 현실같이 부드럽고 아름다운 예수님을 만나 뵈었다.

티 한 점 없이 깨끗한 파아란 하늘 위에 그분께서는 바로 내 머리 위에 조용히 떠 계셨다. 내가 까치발을 하고 양팔을 위로 쭉 뻗고서 점프를 하면 닿을 듯한 거리에서 아주 부드러운 천의 옷을 입으시고 팔을 양 옆으로 활짝 펴신 채 온화하신 미소로 나만을 내려다보시며 조금의 흔들림도 없이 유유히 나르듯 떠 계셨다.

그분의 옷은 하늘하늘한 아주 부드러운 천의 옷이었으며 색상은 눈부시게 환한 흰색이었는데 부드러운 바람이 스칠 때면 아주 연한 하늘색과 연한 분홍색이 바람결에 살짝살짝 나타나 보였다. 이는 참으로 곱고도 우아하기 그지없는 그 고귀한 빛의 신비로움을 내 능력으로서는 감히 표현할 길이 없다.

그분의 부드러운 옷자락은 아주 세미한 바람결을 타고 잔잔히 이는 물결처럼 조용히 흔들렸고 곱게 휘날리는 얇은 옷자락의 그 흔들림의 신비스러움을 내가 어찌 감히 표현할 길이 없다. 다만 경탄할 수밖에 없었던 그 아름다움을 전할 길이 없어 그저 안타까울 뿐이다.

그리도 아름다우신 예수님께서는 바로 내 머리 위에 조용히 떠 계시며 참으로 다정하신 미소로 나만을 부드러이 내려다보시고 계셨다.

그리고 내가 선 땅 위엔 그 어떤 생명체도 존재하지 않았고 티끌만 한 생명체 하나까지도 허락되지 않은 어느 광활한 광야 였으며 나는 그 광활한 광야의 한가운데 홀로 서서 내 머리 위에 떠 계신 예수님만을 바라보고 있었다.

이렇게 완벽하게 깨끗한 하늘 위엔 오직 예수님 한 분 뿐이셨고 그 어떤 생명체도 존재하지 않은 광활한 땅 위엔 오직 나 혼자 뿐이었다.

이렇게 티 한 점 없는 온 천지엔
오직 예수님과 나 둘만이 존재하고 있었다.

이렇게 얼굴과 얼굴을 대하며 이루어진
오직 둘만의 신비로운 만남은 말없이 아주 오랫동안 이어갔다.

이토록 축복된 주님과의 독대가 또 어디 있을까!
한 '신'과 한 '인간' 오직 둘만의 찬란한 신비의 독대였다.

이는 사랑이 넘치시는 주님께서 나의 이국 생활의 외로움을 위로해 주시기 위함 이였으리라!
이 얼마나 자상하시고 섬세하시며 사랑이 넘치시는 분이신가!

그 후 주님과의 그 찬란한 독대는 내 삶이 힘들 때마다
환한 빛으로 다가오시어 부드러운 미소로 나를 위로하시고
당신 품 안으로 따스히 감싸 안아 주셨다.

내 나이 79세인 지금까지도 그때의 주님과의 그 찬란한 만남은 언제나 나를 넘치는 행복으로 가득 채워 주신다.

하느님의 찬란한 은총을 받다

미국 온 지 3년째였던 1976년 나는 셋째 아들 김성환(Samuel)을 낳았다. 그러나 그 아이는 태어나면서부터 갑상선에 문제가 생겨 몹시 힘들어 했고 동시에 내 평생 처음 본 경기까지 일으켜 나를 아연질색케 하기도 했다.

이렇게 갑작스러운 집안 환경의 변화로 내 건강 또한 과한 스트레스로 인해 심각하게 무너지기 시작했고, 드디어 식사도 못할 정도로 허약해져 내 생의 마지막을 헤매는 듯했다. 내가 태어나서 처음 겪어 보는 이 괴로움의 시간들을 내 스스로는 도저히 감당할 길이 없었다. 더구나 아무도 도와줄 사람 없는 먼 이국 땅에 놓인 우리 가족의 삶은 이렇게 점점 더 캄캄한 낭떠러지로 굴러떨어지는 듯했다.

나는 참으로 견디기 힘든 내 삶의 매 순간이 너무나 괴로워 아침이 되면 눈 뜨는 것이 두려웠다. 그래서 나는 딸린 가족마저 생각지 않고 제발 나 좀 데려가 달라고 매일 아침 주님께 매달리며 기도했다.

그러던 어느 날 이른 새벽 나는 신비로운 긴 꿈을 꾸게 되었다.

그 꿈은, 내가 어느 큰 종합병원에서 환자복을 입고 있었는데 한 간호사가 내게 다가와 수술을 할 것이라면서 숱이 많은 내 머리카락들을 위로 추어올리고 머리핀을 꽂았다. 그리고 우리는 함께 수술실을 향해 병원 복도를 걷고 있었다.

그때 한순간 내 두 눈이 돌로 세워진 그 병원의 한 아치형 문을 통해 잔디가 파랗게 깔린 그 병원의 넓은 정원을 보게 되었다. 그러자 나는 나도 모르게 발길을 돌려 그 잔디밭 정원 쪽을 향해 걸어갔다.

밖을 보니 마침 점심식사 시간이었던지 넓은 잔디밭 위엔 흰 유니폼을 입은 간호사들과 환자들과 방문자들이 군데군데 모여 평화스러이 야외 식사를 하고 있었다. 그러더니 갑자기 식사하던 사람들이 소나기가 쏟아진다고 소리치며 황급히 손으로 머리를 감싸고 건너편 병원 빌딩 안으로 뛰어 들어갔다. 순간 잔디밭은 텅 비었다.

그러나 나는 태평하게도 비가 쏟아지는 그 잔디밭으로 걸어 나갔다.

그런데 내가 잔디밭 위로 걸어나가자 쏟아지던 소나기는 온데 간데없고 내 머리 위로 하늘이 커다란 원형으로 환~ 하게 열리더니 그곳으로부터 눈부신 빛이 마치 둥근 기둥같이 내 위로 내리었다.

그리고 그 빛 안으로 오색 찬란한 영롱한 방울들이 아침 햇살에 반짝이는 이슬방울같이 가벼이 나르며 내 머리 위로 한없이 내리고 있었다.

그 오묘하고도 찬란한 방울들은 마치 투명한 보석들이 찬란한 저마다의 고운 빛을 발하며 하늘 위로 가벼이 날고 있는 듯했고, 또한 무지갯빛을 담은 비눗방울들이 찬란히 반짝이며 창공을 날고 있는 듯도 했다.

이토록 오묘한 방울들은 황홀한 빛을 발하며 살포시 내 온몸 위로 끊임없이 내리고 있었다.
이는 참으로 형용키 어려운 아름다움의 극치였다.

나는 너무나 황홀하여 하늘을 향해 얼굴을 활짝 제치고 두 팔을 양옆으로 활짝 편 채로 가벼이 나르는 그 찬란한 방울들을 내 얼굴과 온몸으로 가득히 받아가며 오랫동안 그 빛기둥 안에서 빙빙 돌고 있었다.

꿈을 깬 나는 눈을 뜬 채 그토록 황홀했던 그 꿈속의 장면들을 회상하며 한참을 누워 있었다. 그런데 그때 신기하게도 무엇이 먹고 싶은 생각이 들었다. 참으로 오랜만의 일이었다.

너무나 입맛이 없어 내가 그리도 좋아하던 Cheese & Egg 샌드위치조차 울며 삼켜대던 나에게 정말 기적같이 식욕이 생겨났다. 그래서 나는 천천히 몸을 일으켜 자리에서 일어나 보니 언제 아팠냐는 듯이 몸이 너무나 가벼웠다. 그때 나는 참으로 오랜만에 느껴보는 기분 좋은 아침을 맞고 있었다.

그러나 순간, 내 마음이 울컥해 왔다. '주님께서 내려주신 그 눈부신 빛기둥 속의 오묘한 은총들로 내 건강을 다시 회복시켜주셨구나!' 하고 생각하니 나를 향한 그분의 끝없는 사랑에 가슴이 메어와 눈가에 고여 흘러내리는 눈물은 끊일 줄을 몰랐다.

그렇게 나는 찬란한 주님의 은총을 듬뿍 받으며 또다시 새로운 생명을 얻게 되었다.

그리고 나는 참으로 살아계시며 언제나 어디서나 우리의 형편을 따스히 돌보시는 하느님의 크시고도 넘치시는 그 뜨거운 사랑을 다시 한번 크게 감탄하며 나의 온몸과 마음으로 한없는 감사를 올려드렸다.

내게 일어났던 이 모든 사건들은 나도 모른다. 그저 나는 주님께서 내게 보여주시고 내게 행하셨던 모든 일들, 그대로를 나는 전할 뿐이다.

막내 아들을 악마의 소굴로부터 구해주신 주님

우리 주님께서 갑상선 문제와 경기로 힘들어하던 막내아들을 악마의 소굴로부터 구해주신 기적의 사건이었다.

막내아들을 위해 끝임없이 기도하던 어느 날 꿈에서였다.
내가 아무것도 없는 텅~빈 어느집의 거실에 앉아 있었는데 인기척도 없이 누군가 문을 열고 집 안으로 들어서기에 내가 돌아보니 거대한 몸집의 거인 두 명이 군복을 입고 긴 칼을 옆에 차고 있었다. 그리고 그들은 내 남편을 찾고 있었다.

그때 남편이 부재중이어서 지금 없다고 말했더니 그러면 남편 대신 나를 죽이겠다며 구둣발을 번쩍 들어 올리는데 내가 보니 그 군인의 군화의 앞쪽에서 매우 날카로운 긴 칼날이 튀어나왔다.

그런데 그 칼날에 찔리면 즉시 죽는다고 그들이 내게 말한 것이 아니라 내 안에서 누가 나에게 말해 주셨다.

나는 그 말을 듣자마자 그들에게 말했다. 내가 죽기 전에 잠깐 기도한 후에 죽겠다고 일방적으로 그들에게 말하고는 곧바로 나는 기도하려고 두 손을 앞으로 모으고 벽쪽으로 몸을 돌려보니 아무것도 없었던 거실 벽 위에 예수님 얼굴의 액자 하나가 걸려 있었다.

그때 내가 그 액자 속의 예수님 얼굴을 보자마자 바로 그 순간 예수님으로부터 커다란 긴 창이 내 두 팔 위로 떨어졌다. 얼마나 세게 던지셨던지 내가 그 창을 받을 때 내 온몸이 앞뒤로 심하게 흔들렸다. 그러나 그 창은 내게 전혀 무겁지가 않았다.

그렇게 내가 두 팔로 그 긴 창을 받자마자 그 두 명의 거인 군인들이 쓰러지고 있었다. 한 명은 죽어서 바닥에 쓰러져 있었고 한 명은 쓰러지다 문에 걸려 죽어 있었다.

그때 나는 다만 주님이 던져주신 창을 받았을 뿐인데 그들은 힘을 잃고 쓰러져 죽고 있었다. 그것을 본 나는 마음으로부터 용기가 솟아올라 자신만만해졌다. 그래서 받아든 창을 두 팔에 든 채 문밖으로 나갔다. 밖을 나가 보니 거리마다 길옆으로 그들과 똑같은 옷을 입은 거대한 체구의 군인들이 여기저기 삼삼오오 때를 지어 모여 있었다.

나는 창을 두 팔로 받쳐들고 길을 따라 그냥 그들 앞을 지나간 것뿐인데 신기하게도 내가 그들 앞을 지나자마자 그들 모두가 그 자리에서 고꾸라지며 즉사했다.

신이 난 나는 온 동네 길을 모두 돌면서 전혀 힘도 들이지 않은 채 그 거대한 악인들을 모두 다 죽이고 집으로 돌아와 보니 집 문 앞에 하얀 옷을 입은 한 여인이 앉아서 그녀의 양 팔로 우리 큰아들 정환이와 둘째 경환이를 감싸안고 보호하고 있었다.

나는 너무나 고마워 깊이 그분께 감사드리며 그분 팔에서 두 아이를 받으려 하자 갑자기 죽어서 방문에 걸려 있던 군인의 시체가 땅으로 쓰러지면서 동시에 그가 쓰러진 곳에 땅이 열리더니 그 시체가 캄캄한 땅 밑의 지하 층계밑으로 굴러 떨어지고 있었다. 내가 그 지하를 내려다 보았더니 그 밑은 내려가는 계단이 있었고, 그 아래는 너무나 캄캄해 아무것도 볼 수가 없었다.

그러자 바로 그때 그 캄캄한 지하로부터 막내아들이 큰 소리로 울며 층계를 올라오고 있었다. 나는 너무나 놀라 올라오는 아이를 끌어올려 마구 두근거리는 가슴으로 감싸 안고 함께 소리내어 울고 있었다.

내 울음소리에 꿈에서 깬 나는 누운 채 한참 동안을 멍~

하게 생각에 잠기며 참으로 감사한 그 꿈을 되새기자 나도 모르게 뜨거운 눈물이 두 볼을 타고 주루룩 흘러내렸다.

경기로 힘들던 가엾은 어린 아들을 악의 소굴에서 구해 주심과 또한 그 거대한 악마 앞에 힘없이 서서 죽음을 겪어야 할 나를 불쌍히 여기신 사랑의 주님께서 창까지 준비하시며 적극적으로 도와주셨던 그분의 놀라우신 사랑에 가슴이 저미도록 아파왔다.

또 한편으로는 나를 통해 악마의 무리들을 그토록 깔끔하게 처리하셨던 주님을 생각하며 온몸으로 느껴오는 통쾌감에 흠뻑 젖어 내 마음은 얼마나 큰 감사의 기쁨으로 들떴던지!

나는 내 사랑의 주님께 "땡큐!" 를 되뇌이며 나도 모르게 내 입가엔 참으로 행복한 미소가 가득히 번져나고 있었다.

그날 이후 아이의 경기는 완전히 사라졌고 갑상선도 비타민 D와 칼슘 섭취만으로 해결되었다. 이런 사실을 과학적으로 설명할 수는 없으나 분명코 내 삶 속에 진실로 일어났던 사실 이였음으로 나는 모든 사람들에게 이 참된 진실을 전할 뿐이다.

그는 건강하게 자라 텍사스 주립대학(U.T.) 영문학과 심리

학을 동시에 졸업하고 학교 교직 생활을 하고 있다. 그리고 어여쁜 일본 여성 치카 이와마(Chika Iwama)와 결혼하여 올해 13세된 딸 김루나 엔젤(Luna Angel)을 두고 있다.

하늘에서 온 엽서

내가 미국 온 지 4년 되던 해 처음 단독 주택을 구입했다. 당시 남편은 Full Time 유학생이었으며 Full Time 직장인이었던 우리의 형편으로는 단독 주택 구입에 무리가 있었지만 나는 아파트에 살면서 아이를 학교에 보내고 싶지 않아 무리하게 단독 주택을 찾게 되었다.

그런데 부동산 중개인이 낮에 나에게 보여준 집이 마음엔 들지 않았지만 가격을 맞출 수 있을 것 같아 남편의 의견을 들어보려고 저녁 늦게 돌아온 남편을 데리고 중개인과 함께 그 집을 갔는데, 중개인이 착각하여 낮에 나에게 보여준 집 동네보다 훨씬 좋은 옆 동네로 가서 너무나 내 마음에 드는 예쁜 집을 우리에게 보여주며 이 집이 낮에 내게 보여준 집이라고 엉뚱한 말을 하고 있었다. 그러면서 이 집주인이 오늘 낮에 집값을 낮추었다고 말했다. 그런데 그 좋은 집의 가격은 바로 우리가 살 수 있는 가격이었다. 그래서 나는 밤10시가 넘었고 또 밤에 한 번밖에 안 본 집이었으나 남편을 졸라 그 밤중에 계약서에 싸인하게 했다.

그런 행운을 안고 우리는 몇 주 후 토요일 그 예쁜 집으로 이사했다. 그리고 다음날 아침 교회를 갔더니 내가 잘 모르는 어떤 교우가 내게 찾아와 말했다. 자기가 어젯밤 꿈에 생각지도 않던 내 꿈을 꾸었는데 내가 어느 윤기 흐르는 좋은 말을 타고 머리 위에 무지개 너울을 쓰고 어느 집으로 들어가는 것을 보았다고 말했다.

사실 나도 비슷한 같은 꿈을 꾸어 신기하기도 했다.

그래서 나는 분명 이 집은 하느님께서 우리 가정에 내리신 선물이구나 하고 혼자 생각하며 행복한 감사를 조용히 올려드렸다.

이렇게 환하고도 예쁜 그 집은 우리 식구 모두를 행복하게 해주었다.

그렇게 온 식구가 행복하게 지나던 어느 화창한 대낮이었다.

꿈인지 생시인지 구별할 수 없이 몽롱한 가운데 내가 우편물을 체크하려고 집 앞뜰에 세워진 우체통으로 갔다. 그리고 우체통 문을 열자 여러 우편물들이 있었다. 나는 우체통 앞에 서서 우편물들 하나하나 체크하던 중 내 이름으로 온 엽서 한 장을 보게 되었다.

그 우편 엽서에는 내가 새색시 때 입었던 초록색 저고리에

빨간 치마의 고운 한복을 입고 하늘 위에 둥실 떠 있었다. 그리고 내 양쪽 어깨 위에는 작은 아기 천사들이 한 명씩 앉아 있었고 또 내 발밑에도 두 명의 아기 천사들이 각각 내 양쪽 치마 끝에서 날고 있었다.

그리고 내 등 뒤에서는 하늘로부터 내리는 눈부시게 환한 빛이 나를 비추고 있었다. 그때 나는 그 엽서 밖에 있었는데 언제 내가 그 엽서 안으로 들어갔는지 등 뒤에서 환히 비추는 그 하늘의 빛으로 인해 내 등은 참으로 따스해 왔고, 그 따스함을 온몸으로 느껴가며 아기 천사들과 함께 하늘 위에 둥실 떠 있었다. 그리고 우리 모두는 살아 움직이고 있었다.

나는 현실처럼 살아 움직이는 그 특이한 하늘의 빛과 나, 그리고 아기 천사들의 그 신비스러운 광경들을 넋을 잃고 들여다보면서 속으로 혼자 중얼거렸다. 왜 이 우편엽서 안에 내가 있는 걸까?

의아해하면서도 나는 살아 움직이는 그 총천연색 엽서 위의 찬란한 장면들에서 오랫동안 눈을 떼지 못했다. 그래서 그 엽서 위의 모든 장면들은 지금도 내 머릿속에 정확하게 고스란히 새겨져 있다.

그 집을 살 때에도 하느님께서 인도해 주셨던 일들을 생각하며 나는 그제서야 그 꿈을 깨닫게 되었다. 주님께서 주신 예쁜 집에서 마냥 행복해하는 저를 보시고 내 행복한 삶 속에 함께 머물고 있는 아기 천사들과의 모습을 엽서에 담아 보내주셨구나!

이렇게 참으로 현실 같았던 그 꿈은 오랜 세월 동안 내게 머물며 나를 행복하게 해주었다.

이렇게 특별한 은총을 내게 보여주실 때는 나의 온 집중력을 최대로 모으셨고 꼭 내게 필요한 장면들만을 정확하게 보여주셨다. 그리고 그 다음의 불필요한 연속은 완전히 지워 버리셨다. 그래서 더욱더 분명하고도 정확하게 내 머리속에 깊이 새겨졌으리라 믿는다.

이토록 다정히 내게 베푸신 그분의 사랑을 생각하며 그 사랑에 조금이라도 보답하고 싶은 마음에 도움이 필요한 이웃 한인들에게 어떤 종류의 도움이던 간에 최선을 다해 도와가며 정성껏 열심히 전교하였다.

천국과 연옥과 지옥을 보았다

이렇게 우리 가족이 새집으로 이사한 지 일 년쯤 되던 어느 날 아주 이른 새벽 꿈이었다.

나는 어느 명경같이 맑고 깨끗한 잔잔한 호수와 그 주위에는 키 큰 물찬 나무들이 하늘을 향해 쭉쭉 뻗어오른 환한 넓은 숲속을 기분좋게 거닐고 있었다. 고운 햇살들이 나무 사이사이를 타고 내려와 그 넓은 숲속을 환히 밝혀주는 참으로 신비로이 평화로운 전경을 가진 아름다운 숲이었다.

그 숲속의 내가 선 자리에서 멀지 않은 호수가엔 연인 같은 두 사람이 다정히 앉아 있었고 멀리서 숲속을 거니는 단 한 사람만이 보였다.

나는 그렇게 환하고 조용한 신비로운 숲속을 기분좋게 거닐고 있었는데 갑자기 내 앞에 내 몸 크기의 커다란 넓은 잎사귀 하나가 나타났다.

그리고 그 잎의 윗부분 줄기로부터 오묘한 방울들이 마치 아침 이슬같이 눈부시게 반짝이며 잎을 타고 굴러 내려오고 있었는데 그 방울들은 찬란한 빛을 담고 있었다. 그렇게 찬란한 빛을 발하며 굴러내리는 방울들의 영롱함은 이 세상 그 어느 보석보다 더 아름다웠다.

그 신비로운 방울들은 계속 굴러 내려왔고 그 황홀함에 빠진 나는 넋을 잃고 그 광경을 바라보고 있었다.

그때 갑자기 내 머리 위에서 웅장한 한 울림의 소리가 들려왔다.

"한 새가 너에게 말할 것이다."

나는 분명히 그 말씀을 똑똑히 듣고는 있었지만 눈앞에 보이는 황홀함에 빠져 위를 바라볼 여유가 없었다. 그런데 위로부터 내려오던 그 말씀이 끝나자, 순간 내 앞의 영롱함은 사라졌고 내 앞엔 환~한 금빛 바탕에 찬란한 색채를 띤 어여쁜 새 한 마리가 빛을 발하며 나타났다.

나는 환한 숲속의 옅은 황갈색 땅 위로 내려앉은 오색 찬란한 아리따운 새에 반해 그를 잡으려고 가까이 갔다. 그런데 내가 한 발 다가가면 그 새는 깡충 뛰어 한 발자욱 멀리 뛰어가 내려앉았고 또다시 내가 다가가면 내가 다가간 만큼 날아가 내려앉기를 계속하며 나를 어디론가로 인도하고 있었다.

그러다 얼마 후 그 신비로운 찬란한 새는 어느 거대한 두 개의 산 사이에 있는 좁은 산길까지 나를 인도하고는 사라졌다.

그 다음 내 눈앞에는 완전히 다른 상황이 펼쳐졌다.

그곳에는 셀 수 없는 수많은 사람들이 있었고 나는 그 수많은 사람들의 무리 속에 있었다. 그 무리들의 한편에는 교복을 입은 여학생들이 영화를 보려고 영화관 앞에 길게 줄을 서 있었는데 줄에 서 있는 학생들 모두가 앞사람의 허리를 잡고 있었다. 그래서 나도 그들과 같이 줄에 서서 앞 학생 허리를 잡고 있었다. 그런데 그 줄에선 학생들의 주위에는 셀 수 없는 수많은 사람들이 있었다.

줄을 서 있던 나는 그 수많은 군중들 속에서 지팡이를 짚고 서 계시는 둘째 형부를 보았다. 그리고 나는 평소 때처럼 "형부 안녕하세요? 언니도 안녕하시지요?" 하고 자연스레 인사를 했다. 그때 형부는 말없이 가볍게 고개만 끄떡이셨다. 둘째 형부는 뇌출혈로 돌아가셨지만 인상과 성격이 너무나 좋으셨고 마음 또한 한없이 넉넉하셔서 우리 집안 식구들의 인기와 사랑을 독차지하셨던 분이셨다.

그런데 그때 내 머리 위에서 보이지 않는 누군가가 나에게 영화관에 들어갈 수 없다고 크게 말했다. 그때 나는 "내가 왜 못들어 가나요? 나도 여고 교사였는데요." 하며 따지는 말투로 말하고 있었다.

그런데 나는 어느새인가 어느 높은 산 위에 앉아 있었다. 그리고 그 산 아래로 보이는 수많은 인간들의 무리를 내려다보며 혼자 중얼거렸다.

"어쩌면 여기는 저리도 사람들이 많을까.~" 하고.

길게 빼던 내 말이 끝나자 내 앞엔 또 다른 세상이 펼쳐졌다.

내가 어느 발가벗은 주황색 민둥산 위에 서 있었고 그곳엔 마치 에스키모인들의 집처럼 둥근 돔 형태를 한 집들이 뛰엄뛰엄 있었다. 그리고 그곳은 해질 무렵의 환한 주황색 저녁노을을 받고 있는 듯 사방이 환한 주황색이었다. 그리고 그 산길의 흙들은 내 발이 닿을 때마다 마치 고운 밀가루가 피어오르듯 주황색 흙가루가 가볍게 피어올랐고, 보기에도 아주 부드럽고 고운 환한 주황색 흙이었다.

그리고 그곳 사람들은 모두가 머리를 길게 늘어트렸고, 또 그들의 수는 매우 적었다. 그리고 그들 모두가 많이 지친 모습이었는데도 어떤 남자는 계속 발 방아를 찧고 있었고, 또 어떤 이는 절구를 계속 찧고 있었고, 또 어떤 사람은 맷돌을 계속 돌리고 있었다. 그리고 그들은 몹시도 피로해 보였지만 쉬지 않고 같은 일을 계속 반복하고 있었다.

한참동안 그들을 바라보고 있던 내가 어느새인가 갑자기 돔 형태를 한 한 움막 앞에 서서 움막 속을 들여다보고 있었다. 그런데 그 안에 우리의 먼 외가 친척 언니가 앉아 있었다. 나는 그곳에서는 어느 누구와도 말을 건네보지 못했다. 다만 내 속으로만 '저 언니가 왜 저기 앉아 있을까?' 하고 혼자 생각하고 있었다.

그런데 어느새인가 나는 또다시 높은 산 위에 앉아 있었다. 그리고 나는 그 산 아래 광경들을 내려다보며 혼자 속으로 중얼거렸다.

"여기 사람들은 무섭게 왜 머리카락들을 길게 풀고 있을까~" 하고 길게 빼던 내 말이 끝나자 모든 광경들은 사라졌고 나는 꿈에서 깨어났다.

꿈을 깬 나는 돌아가신 형부는 연옥에 계시겠지만 '그 외가 친척 언니는 매우 건강하여 내가 미국 올때 내 뒷바라지를 정말 잘해 주었는데 왜 그곳에 있는 걸까?' 하고 생각했다.

다음해 미국 온 지 5년 만에 처음으로 우리 부부는 한국을 방문하게 되었다. 그리고 나는 그동안 있었던 일들을 친정 어머니와 이야기하던 중 그 외가 친척 언니의 안부를 묻게 되었다.

그때 어머니는 내게 말해주셨다. 그 언니가 생활고에 중풍까지 와서 자살을 했단다. 보기 드문 미모에 착한 성품이었는데 삶의 고통을 견디지 못해 자살을 했다니 마음이 많이 아파왔다.

그리고 그때 나는 생각했다.

아무리 삶을 잘 살았다 해도 생명은 하느님이 주신 것이기에 하느님의 소유이지 내 것이 아닌 것을 그 언니는 자기 생명을 자기 것으로 여겨 자기 맘대로 자신의 생명을 죽였기에 힘든 그곳으로 간 것이라 생각했다. 그러나 삶을 바르게 살아왔기에 혹독한 지옥이 아닌 지옥 중에서도 가장 깨끗한 곳으로 가셨구나 하고 생각했다.

그리고 나는 나름대로 지옥은 각 사람의 죄질에 따라 각 계층으로 나누어져 있다고 생각했다. 왜냐하면 나뿐만 아니라 많은 사람들이 본 지옥의 이야기는 내가 본 지옥과는 너무나 많이 달랐기 때문이다.

그리고 나는 깨달았다. 하느님께서 내게 아름다운 천국의 일면과 연옥의 실체와 지옥의 일부를 확실하게 보여주셨다는 것을.

이렇게 주님께서는 명확하고 확실하게 천국과 연옥과 지옥의 일부를 내게 보여주셨으며 또한 그곳 현실의 일부를 내 두 눈과 내 머릿속에 깊이 새겨 넣으셨다.

그래서 내 나이 79세가 된 지금 이 순간까지도 그곳들의 상황을 정확하게 기억하고 있다.

사탄의 머리를 박살냈다

그토록 행복하던 나날 가운데 또다시 내게 어려움이 닥쳐왔다. 그때 주님께서는 또 다른 놀라운 기적을 꿈을통해 내게 보여주셨다.

우리 둘째 아들 김경환(Abraham)은 어렸을 때부터 아주 특별한 아이였다. 한없이 마음이 착했고 현 세대 아이들답지 않게 무척 예의도 바르고 생각 또한 반듯한 아들이었다. 거기에 머리도 좋아 큰 노력 없이도 항상 상위권에 올랐으며 또한 다투거나 싸우는 아이들의 문제점들을 어른들도 생각할 수 없는 놀라운 지혜로 평화로이 잘 해결하여 친구들 뿐만 아니라 선생님이며 친구의 부모들까지도 칭찬이 자자했다. 그래서 학교에서나 교회에서도 많은 인기를 얻어 가며 여러 종류의 모임들을 이끌던 아이였다.

집안에서도 마찬가지였다. 다른 형제가 잘못했을 때도 항상 자기가 한 일이라면서 형제의 벌을 대신 받으려 했다. 그러면 양심에 가책을 느낀 다른 형제들도 서로 자기가 했다고 나서는 통에 나는 진짜 범인을 찾기가 어려워 세 녀석 모두에게 가벼운 벌로만 끝내기가 일쑤였다.

그러던 아이가 텍사스 주립 대학(U.T.)에 입학하면서부터 그 어떤 것에도 집중할 수 없다면서 방황하기 시작했다. 그래서 매해 대학 공부 일 년 끝내고 한국 가서 일 년 영어를 가르치다가 다시 돌아와 복교하기를 계속했다.

그러던 어느날 마지막 학기를 마치겠다고 미국으로 돌아왔다. 그런데 새학기 시작이 가까워지자 그 아들은 또다시 학교 등록하기를 거부하며 일 년 후로 미루려 했다.

그때 나는 단호하게 그에게 말했다. “이번 한 번만 더 시도해 보고 정말 집중이 어려워 도저히 공부를 할 수 없다면 네가 공부하는 것이 하느님의 뜻이 아닌가 보다.”라고 아들에게 말해주면서 마지막으로 한 번 더 시도해 보자며 그를 달래어 학교로 보냈다.

그렇게 달랜 아들은 죽기보다 싫은 학교를 향해 운전대를 잡고 떠났다. 그가 보이지 않을 때까지 바라보던 내 가슴은 칼로 저미는 듯 아파왔고 소리 없이 흘러내리는 눈물로 앞을 볼 수가 없었다.

그때 그 아들을 위해 아무것도 할 수 없었던 나는 그저 예수님 앞에 주저앉아 부탁과 한탄을 번갈아 해가며 안타깝기만 한 가여운 아들의 형편을 오랫동안 주님께 고했다.

그리고 나도 그 아들의 대학 졸업에 대한 기대를 접기로 마음을 달래려니 가슴이 너무나도 쓰라리고 아파와 쏟아지는 눈물을 감당할 길이 없었다. 그토록 착하고도 영리한 아들이 왜 저러는지 알 길이 없어 나는 하느님께 매달리며 아들의 마지막 학업을 위해 오랫동안 울며 기도했다.

그 후, 며칠이 지난 어느 날 꿈 에서였다.
주님은 내게 그토록 착한 둘째 아들이 무엇 때문에 고통을 받고 있는지를 정확하게 보여주셨다.

내 눈앞에 한 넓은 방이 있었고, 그 방 안 한가운데 둘째 아들이 윗 셔츠를 벗은채 두 팔로 그의 두 무릎을 감싸안고 머리를 깊숙히 숙인 채 구부린 자세로 깊은 고민에 쌓인 듯 홀로 앉아 있었다.

그리고 그 아들 주위로 거대한 구렁이 한 마리가 내 아들 가까이에는 가지 못하고 약 15피트 정도 떨어진 거리에서 내 아들의 주위를 매우 천천히 맴돌고 있었다. 내가 그 구렁이를 보았을 때는 그 구렁이가 또다시 내 아들의 주위로 돌아가기 위해 그의 머리가 내쪽을 향해 오고 있었다.

그때 나는 어디서 났는지 신문지 몇장을 둘둘 말아 손에 쥐고 있었다.

지렁이만 봐도 줄행랑을 치던 내가 어디서 그런 용기가 났던지, 순간 나도 모르게 들고 있던 신문지로 그 놈의 머리를 내려쳤다.

그러자 겨우 한 번 내려쳤는데 그 구렁이의 거대한 머리가 박살이 나 있었다. 그걸 본 나는 자신이 생겨 죽을힘을 다해 절구방아 찧듯 계속 내려쳐 그 구렁이 머리가 완전히 부서져 가루가 되어 사라져 보이지 않을 때까지 내려쳤다.

그런데 내가 그 구렁이의 머리를 내려칠 때 나는 분명 둥근 형태의 단단한 몽둥이로 계속 내리치고 있었는데 그 몽둥이가 내겐 몇장의 종이 뭉치처럼 매우 가벼웠고 전혀 무겁지가 않았다.

아마도 주님께서 내 힘으로 감당할 수 있도록 내 손에 있을 때는 몇장의 가벼운 종이 무게로 만드셨고 그 악마의 머리 위로 떨어질 때는 거대한 쇠뭉치로 바꾸셨던 것 같다. 그렇지 않고서야 그 구렁이의 거대한 머리가 그렇게 쉽게 박살날 수가 있었겠는가?

도저히 인간의 머리로서는 이해할 수 없는 일이었다. 분명 하느님께서 애타게 부르짖는 나의 기도를 들으시고 가엾은 아들을 악마로부터 구해주시기 위해 이러한 큰 기적을 내게 베푸셨던 것이다.

꿈을 깬 나는 그 거대한 악마의 머리를 가루로 만들어버린 그 통쾌감으로 얼마나 기분이 좋던지 누운 채 혼자 만연의 미소를 지으며 오랫동안 자리에서 일어날 줄을 몰랐다.

그토록 후련하고 통쾌했던 그때의 그 기분을 어찌 말로 표현하랴!

그저 하늘을 향해 큰 소리로 "땡큐! 주님!"을 연발했다.

그후 둘째 아들은 거침없이 모든 과목에서 'A' 학점을 받으며 당당히 대학을 졸업했고, 후에 그가 원하던 미국의 명문 대학인 뉴욕에 있는 컬럼비아 대학의 대학원 과정도 최우수 논문을 발표하며 졸업했다.

그 후 그가 원하던 한국으로 건너가 고려대학에서 오랜기간 동안을 교수로 활동 했으며 매해 뽑는 최고 인기 교수로도 해마다 뽑혀 많은 상패들을 소유하고 있다.

그리고 학생들이 부르는 그의 애칭은

'Angel Abraham 교수'였다.

그는 지금 하와이 대학에서 박사 과정 중이며 본 대학원과 대학 졸업을 앞둔 학생들의 논문을 지도하는 일을 하고 있다.

하느님의 말씀이 내리셨다

그후 어느 날 주님께서 또 다른 특별한 새벽 꿈을 내게 내리셨다.

나는 우리 첫아들(George)과 둘째 아들(Abraham)과 함께 지붕이 있는 어느 거대한 경기장 안의 높은 단(Stage) 위에 서 있었는데 우리가 서 있던 Stage 위로는 커다란 원형 모양으로 지붕이 열려 있어 하늘이 훤히 보였다. 또 경기장 입구는 매우 좁아 오직 한 사람씩 밖엔 들어올 수 없는 극히 좁은 문이었다.

기다리던 남편이 뒤늦게 도착해 단 위로 올라오자 우리 네 식구는 마치 약속이나 한 듯 어깨동무를 하고 머리를 맞대고는 아래로 머리를 숙여 원을 만들며 둥글게 서서 무엇인가를 기다리고 있었다. 이러한 모든 행동들은 우리의 생각에서가 아니라 자동적으로 이루어졌다.

얼마 후 하늘로부터 웅장한 말씀이 산울림처럼 우리에게 내리셨다.

그 말씀은 우리 첫아들에게 내리셨는데 나는 무슨 말씀인지 전혀 알 수가 없었으나 하느님께서는 계속 대답을 재촉하시며 아주 오랜 시간을 기다리셨다. 그러나 큰아들은 입을 꾹 다문 채 전혀 응답하지 않았다.

그러자 오랜 기다림 끝에 이번엔 하늘에서 "아브라함!" 하고 부르시며 둘째 아들에게 똑같은 말씀을 내리셨다. 그러자 둘째 아들 아브라함은 하늘의 말씀이 그에게 내리자마자 큰 소리로 무엇인가를 말하며 응답했는데, 그때 그가 말하는 소리가 얼마나 웅장했던지 그의 말 소리는 그 큰 경기장 전체가 흔들릴 정도로 왕왕 울리며 퍼져 나갔다.

그러자 경기장 입구에서 짙은 갈색 두건이 달린 망토를 입은 수도사 같은 사람들이 한 명씩 한 명씩 계속 들어와 경기장 입구의 왼쪽에 있는 또 다른 입구로 들어가고 있었다. 나는 그곳이 어떤 곳인지는 알 수 없었다.

꿈을 깬 나는 '혹시 주님께서 우리 아들 중 하나를 쓰시기를 원하시나?' 하고 생각했다. 그리고 둘째 아들 아브라함이 선뜻 대답한 걸 보면 '혹시 그가 주님의 일을 하게 되려나?' 하고 생각하며 그 꿈을 마음속에 고이 간직해 두었다.

그리고 세월이 지난 후 나는 아브라함에게 사제가 되는 것을 생각해 보면 어떻겠냐고 물어보았다. 그때 그는 그의 머리를 좌우로 저었다.

그후 때때로 지나치게 착한 그의 성격 때문에 삶이 힘들 때마다 그렇게 힘들어하는 아들을 바라보며 그에게 주어진 길이 아니기에 저리도 힘든 것은 아닌가 하는 생각이 들었다.

결국 그는 힘든 세상의 길을 택했지만 착한 성품을 지닌 그 아들은 자신이 어떤 삶을 택하든 자신의 생활 안에서 그분의 뜻에 따라 빛과 소금의 역할을 하며 주님께로 향할 것이라 믿는다.

부디 앞으로 그가 하느님의 부르심에 충실히 따라 주님의 귀한 도구로 사용되기를 간절히 소망하며 나 또한 끊임없이 이 일을 위해 기도할 것이다.

그리고 이브라함을 향한 주님의 계획 또한 성공적으로 이루시길 간곡히 기원하며 나의 이 간절한 소망을 마음 안에 깊이 간직하고 있다.

내게 내리신 성령님의 훈계

1982년 내가 어느 장로 교회 안수집사 였을때의 일이다.

어느 날 저녁 8시경 한 장로님이 목사님 댁을 찾아 가셨단다. 그런데 목사님 집 안에 사람들이 있으면서도 장로님이 아무리 벨을 눌러도 문을 열어주지 않더니 한참 후에서야 너무나 귀찮았던지 문은 열지 않고, 목사님 자신이 집 안의 창문 커튼을 젖히고는 손가락으로 자신의 손목시계를 가르키며 늦었으니 돌아가라고 손짓을 했단다.

그 말이 교우들의 입을 통해 순식간에 퍼져 나갔다. 그 외에도 많은 문제들로 인해 목사님 부부는 교우들과 마찰이 심했고 마침내 목사님의 사임 문제까지 거론되며 교회는 시끄러워지기 시작했다. 결국 어느 주일 날 전 교우들의 투표로 사임을 결정하기로 했다.

그리고 투표 전 금요일 저녁이었다. 나는 직장 일과를 마치고 차를 운전하며 집으로 돌아오던 중 장로님께 대했던 목사님의 그 어처구니 없는 행동이 생각나서 그런 한심한 목회자의 행동을 불평하며 주님께 일러바쳤다.

"주님의 집인 교회와 목회자의 집이 항상 열려 있어야 하는 이유는 죄인이 언제 회개하러 올지, 또는 아픈 마음의 상처를 치유받기 위해, 또는 신앙 문제를 상담하고자 하는 사람들을 위한 '신앙의 통로'이기에 누구나 수시로 찾아올 수 있도록 교회와 목회자의 집은 항상 열려 있어야 한다는데, 연세드신 장로님의 방문을 그토록 매몰차게 손가락 하나로 내쫓다니요! 일반 사람들도 할 수 없는 그런 상식 없는 행동을 소위 목회자가 했다니 그럴 수가 있어요?" 하고 내가 당당하게 주님께 고해 바치자 마자

내 입으로부터 나도 모를 말들이 술술 쏟아져 나오고 있었다.

"너는 올바른 신자냐? 네가 올바른 신자라면 알곡과 쭉정이를 골라낼 줄 아느니라."

"너는 삼척동자도 심판할 수 없느니라."

이렇게 내 입에서 큰 소리로 나오는 이 말들을 나는 똑똑히 듣고 있었다. 소스라치게 놀란 나는 너무나 부끄러워 어쩔 줄 모르며 기어들어가는 소리로 주님께 말씀드렸다.

“주님 너무하십니다. 어쩌면 제 말이 떨어지자마자 그렇게 꾸중을 하시니 전 정말 민망해 죽겠습니다.” 하고는 호되게 야단맞은 나는 온몸을 조아리며 진심으로 성령님께 죄송한 마음을 전해드렸다.

그날 저녁에도 여전히 많은 교우들에게서 담임 목사를 해임해야 된다는 전화들이 빗발쳐 왔다.

그때, 나는 담대하고도 분명하게 몇 시간 전 성령님께서 내게 하신 말씀을 전해주면서 말했다.

성령님께서 내게 삼척동자의 어린아이 조차도 심판할 수 없다고 하셨는데 어찌 하느님으로부터 기름 부음을 받은 하느님의 종을 감히 우리가 심판할 수 있겠느냐고 말하며 강하게 투표를 거부했다.

그리고 주일 날 예배 후 나는 당연히 그 투표에 참여하지 않았다.
그리고 그때 나는 생각했다. '거룩한 주님의 날에 주님의 종을 마구 심판하는 무지한 인간들을 내려다보시며 주님의 마음이 얼마나 아프셨을까!' 생각하니
마음 아파하시는 주님의 모습이 떠올라 나도 모르게 뜨거운 눈물이 눈 안으로 가득히 고여왔다.

그리고 나를 하느님의 종을 심판하는 죄에서 구해주신 주님께 진심으로 깊은 감사를 올려 드렸다.

그 후부터 나는 하느님의 종을 비방하거나 정죄하는 사람들에게 성령님께서 엄격하게 내게 이르셨던 그 말씀을 확고하게 전해준다.

주님의 종뿐만 아니라 이 세상 모든 사람들을 향한 정죄와 심판은 오직 하느님의 권한이지, 그 어느 인간도 결코 정죄하거나 심판할 수 없음을 강조해 왔다. 특히 영적으로 사람을

정죄하거나 심판하는 행동은 참으로 무서운 잘못을 저지르고 있음을 깨달아야 한다. 이런 인간의 행동은 바로 하느님의 권한을 빼앗는 행위이기 때문이다.

"정죄와 심판은 오직 하느님만의 권한이다."

그리고 나는 내 두 눈으로 똑똑히 보았다. 하느님의 종을 비방하거나 정죄한 후에 그들이 받았던 무서운 댓가들을, 또한 하느님의 종 모세를 비방했던 그의 누이동생이 하느님으로부터 받았던 그 무서운 문둥병의 댓가도 우리는 기억해야만 한다. 이렇게 우리 인간은 사제뿐만 아니라 그 어떤 사람도 심판할 수 없음을 명심해야만 한다.

이토록 정확하게 내 입을 통해 말씀하셨고 또 내 귀를 통해 똑똑히 듣게 하셨으며 내게 그토록 엄격하게 일러주셨던 성령님의 말씀을 나 이제 이 책을 통해 여러분에게 분명하게 전한다.

남자 천사와의 대화

그리고 몇 년이 지난 어느 날 이른 새벽 꿈이었다.

나는 어느 강가에 세워진 높은 건물의 창문을 통해 넓고도 잔잔한 참으로 평화로운 강물을 내려다보고 있었다. 그곳에서 조금 올라간 강 윗쪽에서는 많은 사람들이 물놀이를 하고 있었다.

그런데 갑자기 물놀이하던 사람들이 아우성을 치고 있었다.

하늘에서 어떤 물체가 강으로 떨어졌다고 소리치며 야단법석이었다.

어느새 나는 그 강 위에 놓인 다리의 중간 지점 난간을 짚고 서서 강물 속에서 아우성치고 있는 많은 사람들을 내려다보고 있었다.

바로 그때 물 밑이 투명하게 훤히 보이는 맑은 강물 속에서 한 남자 천사가 양쪽 어깨 위에 아기 천사 한 명씩을 앉히고 그의 두 팔을 앞으로 쭉 편 자세로 쏜살같이 빠른 속도로 물을 가르며 내가 서 있는 다리를 향해 오더니 순식간에 내가 선 다리 밑으로 지나갔다.

순간, 나는 "천사다!" 하고 나도 모르게 소리쳤다.

그런데 어느새 나는 어느 배 위에 서 있었고 방금전 쏜살같이 다리 밑을 지나갔던 그 천사가 바로 내 뒤에 와 서 있었다. 내가 뒤돌아 그를 보는 순간 나는 너무나 반가워 급히 한국말로 말했다.

"아! 천사님 안녕하세요?"

그리고는 또다시 나도 모르게 "Oh! I love Angels!" 하고 영어로 그에게 말하던 찰나

내가 가장 사랑하는 예수님이 머리에 번쩍 떠올랐다. 그래서 나는 즉시 "Oh! I love Jesus too!" 하고 그에게 말했다.

그리고 내가 또다시 한국말로 "예수님도 안녕하시지요?" 하고 그에게 물었다.

그때 그는 나에게 "네, 안녕하십니다" 하고 한국말로 정확하게 대답했다.

그리고 그는 하늘을 향해 그의 오른팔을 높이 올려 들고 마치 구호를 외치듯 나를 향해 외쳤다.

"구하시오! 구하시오! 구하시오!" 하며 애타는 심정으로 세 번이나 나를 향해 강하게 외쳤다.

그러자 바로 그때 하늘 위에 커다란 베너(banner)가 펼쳐졌는데 그 베너 위에는 "그의 나라와 그의 의를 구하라"라는 글자가 크게 써져 있었다.

나는 눈을 들어 하늘 위에 날고 있는 그 베너 위의 글들을 읽고 있었다.

꿈을 깬 나는 마지막으로 천사가 내게 말한 "구하라!"라는 성경 구절 중 내가 알고 있던 구절은 "두드려라 그러면 열릴 것이요, 구하라 그러면 얻을 것이며, 찾으라 그러면 찾을 것이다."라는 말씀뿐이었다.

그런데 하늘 위에 휘날리던 말씀 "그의 나라와 그의 의를 구하라" 라는 말씀이 성경 구절이었음을 그때까지도 나는 전혀 몰랐다.

주님께서 얼마나 답답하셨으면 열심히 땅 위의 현실에만 치중하고 살아가는 내 어리석은 삶을 깨우쳐 주시기 위해 천사까지 보내시며 당신의 말씀을 내게 전해주셨을까!

참으로 감사한 주님의 사랑을 뼈저리게 느껴가며 그때부터 내 삶의 현실 속엔 항상 주님의 그 고귀한 말씀이 빛을 발하고 있다.

생시에 내게 하신 주님의 약속

항상 꿈으로만 보여주셨던 주님께서 이번엔 생시에 찾아오셨다.

큰아들 정환(George)이가 West Point(미 육군 사관학교)에 합격하여 입학하기 위해 떠나던 날 이른 새벽이었다.

큰아들에 대한 내 사랑은 도가 지나쳐 집착에 가까웠다. 그런 아들을 멀리 떠나보낼 때 주님께 맡길 생각은 전혀 못했고 오직 내 품을 떠나는 아들의 모든 것이 그저 걱정스럽고 염려될 뿐이였다.

그 염려와 걱정이 지나쳐 나는 나도 모르게 마음의 안정을 잃고 정신 나간 사람처럼 거실 중앙에 있는 테이블(Table) 주위를 맴돌기 시작했는데 그 속도가 점점 빨라지면서 정신은 흐려져 마치 무엇에 홀린 사람처럼 최고속의 빠른 속도를 내며 허겁지겁 미친 듯이 혼자서 테이블 주위를 정신없이 맴돌고 있었다.

그때 나는 분명 내 정신이 아니었다.

그런데 갑자기 거실 중앙 벽 위에 모셔 놓은 예수님 성화 앞을 황급히 무엇에 쫓기듯 허겁지겁 막 지나자마자 바로 내 오른쪽 어깨 뒤로 한 음성이 들려왔다. 분명하고도 또렷이 그러나 참으로 부드럽고 인자하신 목소리로 나를 부르셨다.

"사랑하는 성아! 염려마라, 내가 그를 돌보아 주리라" 하시는 한국 말과 "Don't worry! I will take care of him." 하시는 영어가 동시에 아주 부드럽게 내 귀로 들려왔다.

나는 즉시 머리를 획 돌려 뒤를 돌아보았으나 아무도 없었고 다만 액자 속의 예수님 한분 뿐이셨다. 그때 내가 액자속 예수님의 얼굴을 바라보자 순간, 그리도 무섭게 날뛰던 내 몸과 마음은 너무나도 급격히 차분하게 내려앉았다.

어쩌면 감정이 그리도 급변할 수 있을까! 지금 생각해 보아도 도저히 믿을 수 없이 내 마음은 즉시 차분히 가라앉았다.

그제서야 다리에 힘이 풀리면서 제 정신이 든 나는 예수님 성화 앞에 나도 모르게 털썩 주저앉았다.

그때의 그 편안함이 얼마나 신비롭던지!
만상의 고요 속에 내 이 한 몸이 묻혀 버린 듯 그때의 그 편안함을 어찌 인간의 말로 표현할 수 있을까!

마치 거세게 몰아닥친 쓰나미의 미친 풍파가 갑자기 적막의 고요한 바다가 된 것에 비할 수 있을까?

아니면 수술 전 긴장감으로 온몸을 덜덜 떨고 있을 때 진정제로 내 온 전신을 즉시 고요에 잠재우는 것에 비할 수 있을까?

내 재주로는 도저히 그 신비로움을 표현할 길 없는 편안함의 극치였다.

그토록 주님만을 믿는다고 설쳐대면서도 정작 맡겨야 할 때는 까맣게 잊은채 아무런 능력도 없는 내 주제에 모든 근심 걱정을 혼자 떠 안고서 악마에게 이끌리며 고통 당하는 내 꼴이 주님 보시기에 얼마나 한심하셨을까!

그리고 그 순간 어쩌면 그리도 주님을 까맣게 잊고 있었던지!
그런 어처구니없는 나의 믿음을 보시면서 주님께선 얼마나 섭섭하셨을까 생각하니 정말 쥐구멍이라도 기어 들어가고 싶을 만큼 죄송하고 또 미안하기 그지없었다.

또한, 주님께서도 얼마나 다급하셨으면 이번엔 꿈도 아닌 생시에 또 이 새벽에 찾아오셔서 직접 주님의 음성으로 내게 당신의 마음을 전하셨을까!

나는 입이 열 개라도 드릴 말씀이 없었다. 다만 그토록 다정하신 주님의 따뜻한 사랑에 눈물겹도록 감사드리며 내 인생이 편안하고 행복하게 살도록 배려해 주시는 주님의 한없는 사랑을 깨달아 가도록 노력할 뿐이다.

큰 아들 정환(George)이는 미 육군사관학교 졸업 후 우등생만이 허락되는 미 육군 항공학교까지 졸업한 후 7년간의 군복무를 무사히 마치고 텍사스 주립 대학(University of Texas) 의과 대학에 입학했고 졸업한 후 의대 교수 겸 실무 의사의 길을 택했다.

그리고 어여쁘고도 사랑스러운 미국 여성 Amanda Michele Fremion과 결혼하여 딸 Clara Sue와 Rose와 Emma를 선물로 받아 주님께서 내게 약속하신 말씀대로 주님의 축복 안에서 무한한 행복을 누리며 살고 있다.

이렇듯 주님의 사랑과 도움은 그분을 간절히 찾고 믿고 따르는 사람만이 얻을 수 있는 것이다.

마치 젖먹이 아이가 울며 엄마를 불러대야 젖을 얻을 수 있듯이.

이 모든 일들을 성공적으로 이룰 수 있었던 것은 주님을 한시도 가만히 두지 않고 영적인 문제이건 육적인 문제이건, 또한 내 일이건 남의 일이건 간에 수시로 계속 졸라댔던 나의 그 극성스러운 졸라댐을 주님도 당해내시지 못하셨을 것이다.

이토록 귀한 하느님의 사랑과 축복을 받고 못 받고는 오직 자신의 선택에 달려 있다.

우리 가족은 택했다. 그분의 사랑과 축복의 길을!

구입하려던 성전 앞뜰에서의 계시

내가 휴스턴에 있는 모 장로 교회에 안수 집사의 직분을 맡고 있을 때의 일이다.

미국 교회를 빌려 예배를 드리던 우리 교우들은 정성을 모아 1991년 우리만의 성전을 마련하기 위해 건물을 구입하려 했으나 워낙 기본 자금이 턱없이 부족했고, 노회(장로교 재단)의 융자금으로 충당하려 했던 융자도 불가능한 상태가 되었다. 그래서 우리 교우들은 믿음으로 그 건물을 얻기 위해 어느 주일 예배를 마친 후 전 교우들이 함께 구입하려고 한 그 건물로 갔다. 그리고 교우 모두가 그 건물의 땅들을 밟아가며 기도한 후 건물 앞마당에 둥글게 둘러서서 주님께 예배를 드릴 때였다.

그때 목사님의 기도가 시작되자 나는 기도드리기 위해 두 눈을 감았다. 그때 내가 눈을 감자 내 눈 안은 온통 환한 선홍색으로 가득찼고 그 환한 선홍색의 중앙 지점 아주 멀리서 작은 점 하나가 생기더니 그 점이 조금씩 조금씩 커지면서 내 눈 가까이로 다가오고 있었는데 내가 보니 예수님의 얼굴이셨다. 예수님의 얼굴은 점점 더 가까이 다가오시면서 조금씩 더 커지시더니 내 눈에서 내가 가장 정확하게 볼 수 있는 지점에서 멈추셨다.

그리고 목사님의 기도가 끝나 내가 눈을 뜰 때까지 한마디의 말씀도 없이 똑같은 얼굴 모습으로 계속 내 눈 안에 머무르고 계셨다.

그리고 목사님의 간단한 설교가 끝난 후 마침 기도를 위해 내가 또 눈을 감자 정확하게도 똑같은 광경이 또다시 내 눈 안에 펼쳐졌다.

그리고 이번에도 기도가 끝나 내가 눈을 뜰 때까지 정확하게 똑같은 인자하신 모습으로 계속 내 눈 안에 머무르셨다.

나는 이 체험을 오직 남편에게만 말했다. 그러던 어느날 목사님께서 우리집에 방문 오셨기에 그때 내가 건물 앞뜰에서 보았던 환시를 말씀드렸더니 목사님께서는 예산이 턱없이 부족해 현실적으로는 불가능한 상황이지만 주님의 뜻이 있으시다면 이룰 수 있을 것이라고 말씀하셨다.

그리고 우리는 그해 12월 마지막 날 오후에 기적처럼 조금의 어려움도 없이 모금한 금액 30만 불로 120만 불이 넘는 건물을 아주 여유롭게 구입했다.

그 후 목사님께서 내게 말씀하셨다.
예수님께서 내게 보여주셨던 그 환시가 목사님에게 큰 힘이 되어 확신을 가지고 자신있게 추진할 수 있었다고.

그러나 교우들이 겨우 70여 명밖에 되지 않아 그 건물을 구입했어도 그 큰 땅의 유지비와 고액의 융자금 등을 감당해야 하는 어려움이 크게 존재하고 있었다. 그러나 신비롭게도 교회 재정은 그 모든 경비를 충당하고도 남는 놀라운 기적이 일어나고 있었다.

나는 그때마다 '하느님께서 우리 교회 안에 함께 계시며 우리가 필요한 모든 것들을 부족함 없이 넉넉하게 채워주시며 직접 처리해 주시는구나!' 생각하며 조용히 주님께 뜨거운 감사를 올려드렸다.

이렇게 사랑의 주님께서는 간절히 원하는 우리의 기도를 들으시고 우리의 소원을 들어주시겠다는 약속으로 직접 주님의 얼굴을 나타내 보여주시며 그리도 원하던 우리만의 교회를 가질 수 있도록 도와주셨다.
또한 턱없이 부족했던 경제 문제까지 넉넉하게 해결해 주시고도 남는 놀라운 기적을 우리에게 베풀어 주셨다.

나를 사탄으로부터 구해주신 나무 십자가

그로부터 6년 후인 1997년, 어느 날 새벽 꿈이었다.

그날 새벽에 나는 또다시 십자가의 신비를 체험하는 꿈을 꾸었다.

그 당시 나는 장로 교회를 다니고 있었는데 꿈속에서 내가 생각지도 않았던 휴스턴 한인 천주 교회 성전에서 나와 그 성당의 친교관을 향해 걷고 있었다. 언제 소나기가 내렸던지 하늘에는 소나기가 막 걷힌 후의 옅은 안개가 낀 환한 대낮이었고 여기저기 깨어진 시멘트 바닥 위에는 약간의 빗물들이 군데군데 고여 있었다.

나는 비온 후에 깨끗해진 환한 길 위를, 발밑에 고인 물들을 이리저리 피해가며 혼자 친교관을 향해 걷고 있었다. 내가 친교관 입구 가까이 왔을 때 갑자기 거대한 한 남자가 나를 위협하며 다가왔다.

나는 얼떨결에 그를 향해 십자가를 그으며 그를 막으려 했으나 그는 어느새 내가 십자가를 긋지 못하도록 그의 두 손으로 내 두 팔을 꼼짝 할 수 없이 조여오며 그의 거센 힘으로 나를 밀어 쓰러트렸다.

십자가를 그을 수 없었던 나는 안간힘을 다해 계속 입으로 “나자렛 예수 그리스도”를 큰 소리로 외쳐댔다.

그때 그토록 엄청난 괴력을 지닌 그 거인도 예수님을 소리쳐 부르는 내 입만은 막지 못했다.

내가 예수님 이름을 부르다 부르다 거의 지쳐가고 있을 때 성당 교육관과 친교관 사이의 친교관 건물 지붕 맨 끝 모퉁이에서 작은 나무 십자가 하나가 번쩍 푸른 빛을 발하며 나타났다.

그 십자가는 나와 거리가 좀 멀고 높은 곳에 있어서 매우 작았는데도 내 눈에는 나무 십자가로 나타나 보였고, 그 십자가에서 번쩍 발하던 그 빛이 내 눈 안으로 번뜩 들어왔다. 그리고 내가 그 십자가에서 발산하는 빛을 보는 순간, 즉시 그 거인은 사라졌고 내 몸은 그의 압박으로부터 자유로워졌다. 그 다음의 꿈은 전혀 기억이 없다.

이렇게 항상 그분께서는 보여주시고자 하는 사실만을 또렷이 보여주시고 필요치 않은 것들은 완전히 지우셨다.

그후 나는 예수님의 희생을 담고 있는 십자고상이 예수님을 대신하여 언제 어디서나 우리를 보호하고 지켜주시는 강력한 도구임을 깨닫는 계기가 되었다.

교회의 위기

1991년 12월 마지막 날 구입한 우리 교회는 매주 교인들이 물밀듯 몰려와 크게 부흥하였고, 모든 교우들은 한마음이 되어 7년 동안 정말 평화스럽고 아름다운 유대 관계를 맺으며 행복한 교회 생활을 이어갔다. 그 기간 동안 나도 어느덧 권사의 직분을 맡고 있었다.

그런데 1998년 초 교회 안에 문제가 일어나기 시작했다. 교회 안의 분위기는 매우 심각했다. 목사와 장로, 장로와 집사, 그리고 집사와 평신도들 사이는 화합이 불가능한 지경까지 도달했고, 모두가 이성을 잃은 듯 교회 안 분위기는 더이상 하느님의 집이 아니었다.

그런 상황에서 우리 교회는 부활절을 맞게 되었다. 그날은 바로, 우리의 죄값을 치르시기 위해 십자가에 못 박히시어 죽으셨다가 죽음의 악을 쳐부수고 승리하시어 다시 살아나신 참으로 기쁘고도 복된 부활 주일이었다.

이 기쁜 날 우리 교우들이 다함께 부활 예배를 마친 후였다. 그러나 교회 내부는 지도자들 간의 불화와 교우들 간의 불신으로 인한 쌓인 감정들로 교회 안은 어이없는 상황이 벌어졌다.

예수님께서 죽음에서 부활하시어 우리를 위해 천국문을 열어주신 참으로 기쁘고도 복된 날! 우리 교회는 감사와 기쁨의 환호 소리 대신 서로를 향한 미움과 분노, 격분의 소리만이 온 성전을 가득 채웠다.

이렇게 하느님의 집은 순간 악마의 소굴로 변해 있었다.

교회 지도자들로부터 평교인에 이르기까지 사탄에게 휘둘

려 무섭게 날뛰어대던 경악을 금치 못했던 그날은 바로,

거룩한 주님의 날이었고,

감격스러운 부활의 날에

주님의 집안에서 일어난 일이었다.

나는 그 때를 잊을 수가 없다.

주님께서 손수 장만하시고 손수 세워주신 성전!

모진 수난을 겪으신 후 부활의 승리를 안고 기쁘게 우리 곁으로 찾아오신 그 날! 그리고 우리를 위해 손수 천국문을 열어주신 참으로 기쁘고도 복된 그 날!

철없던 우리는 그렇게 예수님의 가슴에 또다시 대못을 박아대며 그분의 마음을 갈기갈기 찢어 놓았다.

극도의 수난과 고난을 겪고 목숨까지 내어 주었는데 그 이상 얼마나 더해야 하나?

주님의 찢기우는 그 아픈 가슴을 그 누가 헤아려 본 사람이 있었을까?

내 안에서 외치신 성령님의 탄식

이렇게 교회 지도자들과 교우들 사이의 다툼으로 인해 온 교회 안이 술렁이고 있었던 어느 주일 날 성가대원이었던 내가 무슨 연유였던지 장로님 한 분과 함께 헌금 위원을 맡게 되었다. 우리는 헌금 바구니를 모두 돌린 다음 헌금이 든 바구니를 받아들고 제단 앞으로 걸어가 목사님 앞에 섰다.

그때 갑자기 내 안에서 누군가가 놀랍도록 큰 소리로 통탄하며 외쳤고, 그의 외침으로 인해 내 온몸이 강하게 휘청거렸다.

"성령님이 탄식하신다!"

그때 '탄식'이란 그 한마디를 얼마나 크게 소리치셨던지 그 힘이 너무나 강력해 한순간 내 온몸과 다리가 완전히 힘을 잃어 휘청거렸고, 내 몸의 절반 가까이가 밑으로 주저앉았다가 겨우 일어섰다.

그 사건은 매우 짧은 한순간에 발생했으며 그 순간의 강력함은 나를 완전히 압도시켰다. 상상할 수 없었던 그때의 그 놀라움과 신비한 성령님의 탄식 체험은 내 생애에 처음이었다.

사실 나는 믿음의 친구들과 함께 부흥회를 다니며 안수도 여러 번 받아 봤지만 그 어떤 유명한 목사님의 안수에도 나는 한번도 쓰러져 본 적이 없었다. 심지어 안수받으며 쓰러지는 사람들을 이해할 수가 없었다. 그러나 그날 이후 나는 그들을 이해 할수있게 되었고, 그 힘은 강력한 성령님의 힘이란 것도 알게 되었다.

지금도 그 놀라운 성령님의 강한 외치심이 내 가슴안에 생생하다.
때때로 나는 그리도 큰 소리로 안타깝게 외치시던 성령님의 탄식을 생각하며

얼마나 가슴이 아프셨으면 내 온몸이 휘청거리도록 당신의 가슴을 치셨을까!

가슴 치며 아파하시던 그분 앞에서 나 또한 많이도 울었다.

성전 안 십자 위에 머무신 예수님

성전 정문으로 들어서면 맨 앞의 재단 위에 십자 고상이 있고 그 밑에 제대상이 놓여 있고 양쪽으로 설교 단상과 광고 단상이 있었다.

그런데 1991년 교회를 구입하고 난 얼마 후부터 제단 중앙 벽 위에 모셔 놓은 십자가의 십자 위에 커다란 예수님의 얼굴이 은은하게 나타나셨다. 그리고 그분께서는 언제나 그 자리에 머물고 계셨다. 바로 십자 위에 앞을 보고 계신 예수님의 얼굴은 은은하게 보였지만 매우 섬세하고도 정확한 모습이셨다.

그래서 나는 개신교 교인이긴 했지만 도저히 예수님의 얼굴을 뵈오며 인사도 없이 성전 안으로 들어갈 수가 없어 성전 안에 들어설 때면 항상 그분께 깊은 경의를 표하기 위해 나는 성호로 십자가를 그으며 인사를 드리고 성전 안으로 들어섰다.

그럴 때면 교회 지도자들 까지도 그런 나를 보고 뒤에서 비판을 해댔다. 그러나 나는 아랑곳하지 않고 자신만만하게 그리고 당당하게 주님께 인사드리며 성전 안으로 들어섰다.

교회는 계속 분쟁으로 시끄러웠고 그로 인해 교회 안의 분위기마저도 어두워져 매우 음침 하기까지했다. 그러던 어느 수요일 수요 예배를 드리기 위해 남편과 함께 성전 안으로 들어섰다가 나는 깜짝 놀랐다.

항상 계시던 예수님의 얼굴이 보이지 않았기 때문이다. 나는 너무나 놀라 자리에 앉자마자 기도 보다는 십자 위에 계시던 예수님의 얼굴을 찾으려고 제단 쪽으로 다시 눈을 돌리자 순간 예수님께서는 십자상을 떠나 설교 단상이 아닌 광고 단상 쪽의 벽 위로 옮겨 계셨다. 그래서 나는 남편에게 귓속말로 예수님께서 자리를 바꾸셨다며 광고 단상 쪽의 벽 위를 보라고 말했다. 그러나 그는 그리도 크고 선명한 주님의 얼굴을 보지 못했다.

그러나 나는 가슴이 떨리듯 두려웠고 또 매우 궁금했다.
왜 십자상을 떠나 자리를 옮기셨을까?

그렇게 예수님의 얼굴은 한 달 가까이 똑같은 모습으로 계속 광고 단상 쪽의 벽 위에 머무르셨다.

그러던 어느 날 예수님의 얼굴은 광고 단상 벽 위에도 더이상 계시지 않으셨다. 그리고 나는 성전 그 어디에서도 주님의 모습을 더이상 찾을 수가 없었다.

예수님께서는 우리 교회를 완전히 떠나가셨던 것이다.

그 후 나는 정말 많이 생각했다. 처음 우리가 이 교회 건물을 얻기 위해 우리 교우들이 이 건물의 땅을 밟아가며 얼마나 간곡히 주님께 청하며 기도드렸던 곳인가! 그래서 주님께서는 우리의 마음을 보시고 직접 주님의 모습까지 드러내시며 우리에게 용기를 주셨던 곳이 아닌가!

뿐만 아니라 겨우 30만 불 정도의 예산으로 120만 불이 넘는 건물을 전혀 어려움 없이 구입할 수 있도록 도와주셨고 구입 후에도 겨우 70 여 명의 교우들의 헌금으로는 턱도 없는 그 큰 융자금과 유지비까지 충당하고도 남는 놀라운 기적을 우리에게 베푸시지 않으셨던가!

그토록 큰 사랑으로 베푸신 그분의 그 크신 도움에도 우리는 감사함을 잊고 있었다.

그럼에도 불구하고 그분께서는 불가능한 많은 것들을 가능케 해주시며 계속 우리를 사랑으로 거두어 주셨고 또 행복해하는 우리의 모습에 얼마나 흡족해하셨을까!

그러나 바로 그 크신 사랑으로 이룩하신 거룩한 주님의 성전 안에서는 교회 지도자들로부터 평교인에 이르기까지 도저히 용서받을 수 없는 배은망덕한 행동들을 저지르고 있었다.

그리고 또한 그 어느 한 사람도 주님의 그토록 아픈 가슴을 헤아려 본 사람이 없었다는 사실에 주님께선 얼마나 더 큰 배신감으로 마음이 아프시고 슬프셨을까를 생각하니 철없던 지난날의 후회가 가슴을 메어왔다.

그 후 남편과 나는 많은 생각 끝에 둘이 똑같은 마음으로 천주교를 택했다. 그리고 그곳에서 새로이 우리의 믿음 생활을 시작하기로 했다. 그래서 내게 주어졌던 교회의 임무들을 모두 정리하고 1999년 1월 1일 우리 부부는 휴스턴 한인천주교회의 문을 두드리게 되었다.

이렇게 우리 부부는 50년간의 긴~ 개신교의 고마웠던 신앙생활들을 싸안고 하느님의 큰아들 집인 천주교로 이사를 하게 되었다.

휴스턴 한인 천주 교회에서의 첫 미사

1999년 1월 1일 우리 부부는 가톨릭 성전에 첫발을 디뎠다.

생소하고 복잡한 가톨릭 미사 절차가 매우 어색하고 힘들었지만 마음만은 더할 수 없이 평온했다.

불화 속에 너무나 오랜 시간 머물러 있었던 탓이었던지 내 지친 영혼 안으로 따스한 평안이 잔잔히 안겨들고 있었다.

1999년 1월 1일 새해 첫날 아침,

우리 부부의 첫 미사 때 진실로 우리를 감동케한 참으로 아름다운 기도가 있었다.

미사 중에 온 교우가 함께 올려드리는 기도의 내용이었다.

그 기도는 우리 부부가 참으로 현명하고 올바른 선택을 했다는 기쁨과 감격을 안겨주었다.

개신교 에서는 천주교를 '이단' 이라고 말하며 사랑 대신 적대감을 가르치는 반면 ,

천주교에서는 미사 중 기도 시간에 사제가, 갈라져 나간 개신교 형제 자매들의 평안과 행복을 길게 빌어주고 있었다. 그리고 잇따라 모든 천주교 교우들은 "주여 저희의 기도를 들어주소서" 하며 참으로 진심어린 복된 기도를 주님께 바치고 있었다.

이렇게 천주교 교우들이 한마음으로 모든 개신교 교우들을 위해 축복의 기도를 드리는 그 아름다운 모습에 내 가슴은 감격으로 벅차올랐고 내 마음안엔 뜨거운 감사가 넘쳐흘렀다.

그때 나는 감탄했다.

'아! 역시 형님의 집은 다르구나! 탁 트인 넓은 마음으로 항

상 적대시하는 철없는 아우들을 걱정하며 넘치는 사랑으로 감싸안는 축복의 기도를 하느님께 올리고 있으니!'

이 얼마나 아름답고 향기로운 기도인가!

이 기도야말로 주님께서 그리도 원하시고 바라시고 또 우리에게 부탁하신 가장 큰 사랑의 기도가 아닌가!

마음 안으로 감동의 전율이 크게 번져갔다.
이렇게 가톨릭 교인들은 참 사랑을 실천하고 있었다.

이 어여쁜 기도의 소리를 들으시는 순간 하느님께서는 얼마나 기쁘시고 또 흐뭇하셨을까! 또한 얼마나 믿음직스럽고도 든든한 만족감으로 행복한 미소를 맘껏 지으셨겠지!

이렇게 그 기도는 우리 부부의 마음을 완전히 사로잡았다.
진정 내 신앙을 바른 길로 이끌어 주고 또 내 안에 참 사랑을 심어줄 곳이 바로 이곳 가톨릭 교회였음을 깨닫자

쇳덩이처럼 무거웠던 내 영혼은 깃털같이 가벼이 푸른 하늘을 날고 있었다.

한 아버지의 자녀인 천주교와 개신교

천주교(구교)와 개신교(신교)는 같은 야훼 하느님을 믿으며 같은 예수 그리스도를 주님으로 고백하고 같은 성령님을 믿는 친형제자매들이다. 다만 개신교는 가톨릭 신부였던 마르틴 루터가 가톨릭에서 갈라져 나간 뒤 지금까지 독자적으로 예배드리고 있을 뿐이다.

그래서 나는 개신교에서 천주교로 옮겨 왔지만 개종이라는 말을 절대로 쓰지 않는다. 개종이란 말의 의미는 전혀 다른 믿음의 길을 선택한 이들이 써야 할 단어라고 생각한다.

우리 부부는 다만 아버지의 작은아들 집에서 이제 큰아들 집으로 이사한 것뿐이기에 우리에게 개종이란 단어는 전혀 타당하지가 않다.

물론 천주교와 개신교는 예배 형식에는 차이가 있다.

예배 드릴 때마다 성체와 성혈을 나누는 천주교의 형식과 주님 탄생 때와 부활 때만 성체 성혈을 나누는 개신교의 형식,

그리고 예수님의 어머니 마리아를 존경하며 우리 어머니로 모시는 천주교에 반해, 개신교는 예수님의 어머니를 우리의 어머니로 받아들이지 않는다는 점이며.

또한 생을 마감한 후, 완벽하게 깨끗한 천국으로 들어가기 위해 생전에 미처 씻어내지 못했던 더러운 죄들을 씻어낼 수 있는 곳인 연옥을 믿는 천주교와 믿기만 하면 죽은 후 죄를 씻을 필요도 없이 곧 바로 천국으로 입성한다는 개신교의 차이점들이 가장 큰 차이일 것이다.

이러한 차이점은 같은 아버지의 아들들이긴 하나 각 형제들의 가정마다 삶의 형식이 다른 것뿐이지 가톨릭과 개신교는 똑같은 “성부와 성자와 성령님” 만을 주님으로 모시고 그 분께만 흠숭하며 기도 드리는 같은 아버지를 모신 한집안 식구임에는 틀림없다.

나는 이제, 하느님께서 특별히 선택하신 마리아에 대해 이야기하고 싶다.

마리아는 하느님께서 창조하신 인간 중에 가장 하느님의 마음에 드신 최고의 인간으로 선택받으신 분이시다.

그래서 하느님께서는 마리아에게 참으로 어려운 부탁을 하셨으며 마리아 또한 군중들의 돌팔매로 인해 죽을 수도 있음에도 불구하고 기꺼이 순종하시며 처녀의 몸으로 예수님을 낳아 하느님께 바치시기까지 하셨다. 그래서 인간 구원을 위한 하느님의 계획을 마리아를 통해 이루신 것이다.

하느님께서는 이렇게 마리아를 통해 예수님을 세상에 보내셨고 또한 마리아는 처녀의 몸으로 낳은 외아들을 죄인인 인간들 앞에 속죄 재물로 내어주신 참으로 고마우신 분이시다. 그래서 마리아는 마땅히 인간으로부터 감사와 사랑과 존경을 끝임없이 받으셔야 하실 분이시다.

또한 예수님께서는 신성과 인성을 지니신 분이시다.
곧 신성은 하느님으로 부터 받으셨고 인성은 마리아로 부터 받으셨음을 그 어느 누구도 부정할 수 없는 사실이다.

이를 생각할 때 마리아는 예수님 몸의 일부이신 참으로 소중하신 분이시다.

그뿐 아니라 죽음을 무릅쓰고 예수님을 낳아 기르셨고 예수님의 공생활 시기에는 예수님의 뒷바라지로 제자의 직분을 다하셨으며 마지막엔 자기 육신의 일부인 외아들이 십자가에 처참하게 처형당하는 참으로 감당할수 없는 처절한 고통까지 겪으신 분이셨다.

이러한 삶을 살아오신 마리아는 하느님께서 계획하신 인간 구원 사업에서 가장 중요한 역할을 맡으셨으며 위대한 그분의 사업에 가장 큰 협조자가 되셨음을 우리는 확고하게 깨달아야 한다.

이러한 분을 무시함은 참으로 무서운 무지에서 오는 오만의 행위임을 알아야 한다.

이제 이토록 고마우신 예수님의 어머니 마리아께 예수님을 사랑하고 믿는 사람들이 해야 할 일은 무엇인가?

우리가 진정으로 예수님을 사랑한다면 그토록 사랑하는 예수님과 한몸이신 예수님의 어머니를 나의 어머니로 받아 모심은 참으로 마땅하고 옳은 일인 것이다.

이렇게 예수님의 어머니 마리아는 인간으로부터 마땅히 존경 받으셔야 할 분이심을 깨닿고 뜨거운 사랑과 존경과 감사를 올려드림만이 예수님을 믿는 사람들이 해야 할 마땅한 도리인 것이다.

많은 개신교 신자들이 천주교는 하느님께 직접 기도 드리지 않고 마리아나 성인들에게 기도한다고 말한다.
그들은 가톨릭 교리에 대해 전혀 무지한 사람들의 언행이다.

우리 가톨릭 신자들도 오직 하느님이신 성부와 성자와 성령님께만 흠숭을 드리며 기도 드린다.

마리아께는 다만 예수님의 어머니이시자 우리 어머니로서 존경하며 사랑하고 또 우리가 하느님께 올려드리는 우리의 연약한 기도를 함께 도와주시기를 부탁드리는 기도일 뿐이다. 그리고 성인들께도 우리의 구원을 위하여 하느님께 빌어주시기를 부탁드리는 기도인 것이다.

어떤 종교를 비판하려면 그 종교에 대해 충분히 공부하여 완전한 지식을 갖추지 않고서는 비판에 서지 않는 것이 현명할 것이다.

왜냐하면 그로 인해 자칫 큰 죄를 저지를 수도 있고 분명 무식하다는 부끄로운 말들로 자신의 인격에 상처를 받을 수도 있기 때문이다.

이제부터라도 개신교 형제 자매들도 죄에 빠진 우리를 구하시기 위해 목숨까지 내어주신 참으로 고마우신 예수님을 낳아주신 예수님의 어머니를 나의 어머니로 모시고 사랑하여 예수님께서 참으로 기뻐하시는 온전한 그리스도인이 되기를 기원한다.

이 길이 진심으로 예수님을 사랑하고 믿는 이들이 행해야 할 마땅한 도리이자 참으로 옳은 일이라 생각한다.

연옥에 대해서도 이야기 하고싶다.

천국은 하느님의 거처이시다.

그곳은 극히 작은 단 한 점의 더러움도 존재할 수 없는 곳일 것이다.

왜냐하면 하느님 자신이 그 어떤 더러움도 용납할 수 없는 완벽하게 깨끗하신 분이시기 때문이다.

그렇기에 누구든지 완벽하게 깨끗하지 못하면 천국에 들어갈 수 없는 것은 명백한 사실이다.

그러나 인간의 세상은 우리 스스로가 봐도 한심하기 그지없이 퇴폐적이고 더러운 죄로 가득하며 돈이 우상화되어 헤어날 수 없는 늪에서 허우적거리는 현실임을 우리 모두가 인정한다. 그런 환경에 어울려 살아가면서 한 점의 더러움도 묻지 않았다고 자부할 사람이 있겠는가?

양심 있는 자들은 죽은 후 완벽하게 깨끗함만이 존재하는 천국으로 직행 한다고는 말 못할 것이다.

물론 예수님을 믿는 자들은 그분의 은혜로 지옥을 면하고 구원은 받는다. 그러나 완벽하게 깨끗한 천국에 들어가려면 자기가 지었던 죄의 더러움들을 씻어낸 후 완벽하게 깨끗함을 입어야만이 천국으로 입성할 수 있다는 말이다. 이는 참으로 공정한 처사라고 생각된다.

하물며 믿음 생활조차도 온전히 해오지 못한 주제에 믿는다는 말만으로 죽고 나면 즉시 천국으로 입성한다고 생각하는 사람들은 참으로 뻔뻔한 신자들일 것이다.

참 신앙인들은 항상 자신의 죄들를 통회하지만 죄로 가득찬 이 세상에 머무는 이상 참 신앙인들마저도 완벽하게 깨끗해질 수는 없는 것이다. 그래서 인간은 죽자마자 즉시 천국으로 직행할 수 없다는 사실은 너무나도 타당한 일인 것이다.

그러나 하느님께서는 사랑으로 손수 빚어 만드신 당신의 자녀들과 함께 당신의 나라에서 즐거이 사시기를 원하셨다.

그래서 죄들로 인해 도저히 천국으로 들어올 수 없는 인간들을 가엾이 여기시어 당신의 나라로 들이시기 위한 한 방법으로서 마련하신 곳이 바로 연옥이라 생각한다.

그곳 연옥에서, 이 세상에서 미처 씻어내지 못했던 죄들을 씻어내고 완벽한 깨끗함을 입은 다음 천국으로 들어올 수 있도록 우리를 위해 배려해 주신 곳이라 믿는다.

이러한 그분의 계획은 그분을 믿고 따르는 자녀들에게 한없는 자비와 끝없는 사랑으로 베푸신 참으로 크나큰 은총이라 생각한다.

만약 연옥이 없었다면 인간 모두가 지옥밖엔 갈 수 없는 존재들이었다. 왜냐하면 땅 위의 인간들은 그 어느 누구도 도저히 완벽한 깨끗함을 유지할 수 없기 때문에 완벽한 깨끗함만이 존재하는 천국에 입성할 수 없음은 참으로 당연한 사실이다. 그렇다면 갈 곳은 오직 지옥 길뿐이기에 말이다.

이러한 의미에서 연옥은 나에게 큰 희망과 용기를 주었다. 그것은 나를 천국으로 인도하는 축복의 징검다리가 되어 주었기 때문이다.

이렇게 하느님께서는 인간에게 무한한 사랑을 베푸셨다.
그래서 연옥이란 곳은 인간이 수명을 다한 후에 그 영혼들이 머물며 자신을 정화할 수 있도록 마련해주신 곳이며 그곳에서 깨끗함을 입은 자녀들을 당신의 나라로 초대하시려는 그분의 절실한 마음으로 베푸신 참으로 크나큰 은총으로 이루신 곳이라 생각한다.

이러한 인간을 위한 하느님의 놀라운 계획은 참으로 우리 인간에게 다행한 일이며 또한 참으로 감사한 일이 아닐 수 없다.

또한 하느님께서는 우리 안에 양심이라는 나침판을 넣어주셨다. 양심은 하느님의 영이 거처하시는 곳으로 그분은 양심의 소리를 통해 우리를 바른길로 가도록 일깨워주시고 당신의 말씀을 전해주신다.

그래서 우리는 조용히 양심의 소리에 귀를 기울여 삶에 갈등하는 것들에 대해 그분의 말씀을 듣고 따름으로써 생명의 길로 가는 지혜로운 삶을 살아가도록 노력해야 한다.

만일, 누가 여전히 하느님의 세계는 천국과 지옥만 있고 연옥이 없다고 믿는다면 그대로 살아가면 될 것이다. 죽은 후에 밝히 알게 될 사실이니 나는 더이상 그들에게 연옥의 존재를 믿으라고 설득할 생각이 없다.

다만 내가 본 연옥의 실체에 대해 자신있게 말해 주었을 뿐이다.

이를 믿고 안 믿고는 각자의 신앙의 척도에 달렸으니 내가 강요할 필요가 없다고 생각한다.

그러나 연옥이 있다고 믿는 사람들을 '이단자'라고 정죄하는 사람들은 자기 스스로가 엄청난 무서운 잘못을 저지르고 있음을 깨달아야 한다.

우리는 어떤 상황에서도 영적인 면에서 상대방을 죄인이라고 판단해서는 안 된다. 영적인 면에서의 인간의 잘잘못을 판단하시고 심판하실 분은 오직 하느님의 영역이며 하느님만의 권한이시기 때문이다.

인간이 영적인 면에서 인간을 판단하고 심판하는 행위는 곧 하느님의 권한을 빼앗는 행위로서 정말 용서받기 어려운 참으로 무서운 잘못을 저지르는 행위임을 명심해야 한다.

이렇게 한 아버지를 모시고 믿고 섬기는 천주교와 개신교는 한 형제이기에 오직 아버지의 뜻만을 헤아리는 착한 자녀들로서 서로의 다른 점을 심판하기보다 이해하고 받아들임이 옳은 일이라 생각한다.

인간의 두뇌로, 옳고 그름을 판단할 수 없는 삶을 놓고 서로 형식이 다르다고 원수처럼 지내서는 안 된다고 생각한다.

하느님으로부터 태어난 두 아들이 죽도록 사랑은 못할망정 원수같이 싸우는 자식들을 바라보시는 아버지의 심정은 어떠하실지? 자식된 도리로서 깊이 생각해 보아야 할 심각한 문제라고 생각한다.

하느님께서는 근엄한 가톨릭의 미사도, 그리고
활달한 개신교의 예배도 똑같이 기쁘시게 받으시리라 확신한다.

이렇게 우리는 한 아버지를 모신 한 형제임을 결코 잊어서는 안 된다.

영세 받던 날 아침
생시에 만난 성모님

우리 부부는 가톨릭 예식에 따라 교리 공부를 했고 영세를 받게 되었다. 영세 받던 날 아침 성당으로 떠나기 전이었다.

독실한 가톨릭 신자인 내 바로 위 언니(석종선)가 내 영세 축하 선물로 맞추어준 예쁜 한복을 곱게 차려 입고 성당으로 떠나기 전 예수님 성화 앞에 조용히 머물며 가톨릭 신자로서 신앙생활을 할 수 있도록 이끌어 주심에 감사드리려 두 손을 모으고 조용히 눈을 감았다.

눈을 감자 예수님의 성화 앞으로 한 여인이 하얀 부드러운 긴 옷을 찰랑거리며 매우 기쁜 모습으로 신이 나서 부산하게 행복에 찬 종종걸음을 부지런히 걷고 있었다. 그리고 그 여인의 뒤로는 그녀와 같이 흰 부드러운 긴 옷을 찰랑거리며 양쪽 두 명씩 짝을 지어 빠른 종종걸음으로 그 여인의 뒤를 따르고 있었다.

참으로 아름다운 모습이구나!

어디를 저리도 기쁨에 넘치는 발걸음으로 바삐 가시는 걸까?

그들의 들든 행복한 모습에 나까지 덩달아 그 행복함으로 빠져들고 있었다. 한참 동안을 ….

얼마 후 눈을 뜬 나는 즉시 생각했다. '제일 앞에 기뻐 어쩔 줄 모르시며 부산하게 걸으시던 분이 분명코 성모님이시구나! 그리고 뒤따르던 여인들은 성모님의 보좌 천사들야!' 하며 나도 모르게 내 안에서 소리쳤다.

내가 영세 받는다니 고맙게도 당신의 기쁨을 내게 먼저 보여주시는구나! 이러한 행복한 모습을 내게 보여주시는 것은 분명코 '가톨릭 신자가 된 나를 기뻐하시며 나의 영세를 축하해 주시기 위해 내 앞에 나타나 주셨으리라!' 하는 생각이 내 머리에 번뜩 떠올랐다.

그리고 그분들의 모습은 마치 내가 영세 받을 성당으로 먼저 가시고 계신 것처럼 보였다.

그래서 나는 "어머나!" 하고 놀란 가슴안에 순간 뛸 듯한 설렘과 행복의 울림이 내 온몸을 휘감았다.

성모님을 만나다.

내가 처음 가톨릭으로 왔을 때 성모님의 하시는 일이 매우 궁금 했었다. 그러던 어느 날 내 나이 60세였던 2003년 새벽 꿈이었다.

꿈에서 나는 우리집으로 간다면서 한국의 어느 지하철 입구에 서서 캄캄한 지하철 아래를 내려다보고 있었다.

그때 부드러운 흰옷을 입은 한 여인이 아기를 아기 이불에 싸안고 캄캄한 지하로부터 올라오고 있었다. 그런데 내가 보니 그 여인의 머리 위로 흰색과 청색의 레이저 빛줄기 같은 길쭉한 빛이 따라 나르고 있었다.

내가 그녀를 보며 2계단 정도를 내려가고 있을 때 내 뒤로부터 어떤 얇고도 하늘거리는 긴 흰옷을 입은 두 여인이 내 양옆으로 한 명씩 날아가듯 층계를 내려가고 있었다. 그녀들이 너무나 가볍게 층계를 내려가기에 내가 그들의 발을 보았더니 그 여인들의 발은 땅에 닿지 않고 약간 공중에 뜬 채로 나르듯 내려가고 있었다.

그리고 아기를 안고 올라오던 여인과 내려가던 두 여인이 층계 사이의 넓은 공간에서 서로 만나더니 아기를 안고 있던 여인이 두 여인에게 아기를 건네주었고, 아기를 받아 안은 두 여인은 다시 나풀대는 얇은 옷을 휘날리며 층계 위로 나르듯 오르면서 내 양옆을 지나고는 공중으로 떠서 구름에 쌓여 사라져 갔다.

그런데 그녀들이 공중으로 날아올라 구름에 쌓일 때 한 여인은 끝까지 나만을 계속 바라보면서 그녀의 몸 등쪽으로부터 끌려 올라가듯 구름 안으로 사라졌다.

나는 가볍게 공중으로 떠오르며 구름에 쌓여 사라져 가는 그들의 모습을 정말 똑똑히 보았다.

그리고 내가 다시 층계 아래로 내려다 보았더니 아기를 안고 올라오던 여인은 아직도 그 자리에 서 있었다. 나는 그 여인의 정체가 궁금해서 그녀가 서 있는 곳까지 내려가 그 여인의 얼굴을 자세히 들여다보았다. 그런데 그녀는 사람이 아니라 흰 조각상이었다. 그래서 나는 조금 전에 보았던 그 모든 상황들을 까맣게 잊은채 속으로, '아! 석고상이구나!' 하면서 집으로 가려고 발길을 돌리자 바로 내 등 뒤에서 아주 또렷한 목소리로 정확하게 내게 말씀하셨다.

"환란이 지날 때까지 가지마라!"

소스라치게 놀란 나는 나도 모르게 방금 보았던 그 여인에게 "엄마!" 라고 부르며 뒤돌아 그 여인 앞에 털썩 주저앉았다.

그리고 그 여인의 얼굴을 올려다 보았더니 그녀는 자기의 맨 오른쪽 얼굴부터 아주 천천히 왼쪽 얼굴까지 돌리시며 얼굴 전체를 정확하게 나에게 보여주셨다.

내가 그녀의 발밑에서 올려다 본 여인의 얼굴은 갸름한 얼굴이 아니라 양쪽 턱뼈가 약간 각이 진 젊은 여인의 얼굴이었다.

그리고 또다시 정면으로 그분의 몸과 얼굴 모습을 내게 보여주셨는데 그분 전체의 모습은 하얀 안개 같은 것으로 가려져 있어 정확하게 볼 수는 없었으나 옅게 보이는 그분의 모습

은 참으로 순수하고도 선한 인상을 지닌 17세 정도의 한 소박한 한국 소녀의 모습이었다.

꿈에서 깨어난 나는 '성모님이 하시는 일이 궁금했던 나에게 성모님께서 직접 답을 알려주시려는 것인가?' 하고 생각했다. 그리고 성모님은 우리가 살아있을 때는 우리들의 영혼과 삶을 위해 기도로 도와주셨다가 우리가 죽은 후에는 선한 영혼들을 가려내시어 갓난아이처럼 강보로 싸서 천사들을 통해 천국으로 올려 보내시는 역할도 하시나 하고 나름대로 생각해 보았다.

그러나 그때 성모님께서 내게 그토록 정확하게 말씀하신
"환란이 지날 때까지 가지마라!" 하신 그 말씀을

그 당시엔 전혀 깨닫지 못했으나 세월이 흐르면서 갈수록 더욱더 악화되어가는 천재지변이며 또한 분별없이 위험으로 치닫는 현세의 인간 삶의 모습들을 바라보며 '환란'이란 그 말씀이 실질적으로 마음안에 더욱더 가까이 다가옴을 느끼곤 한다.

두 번째 만난 성모님

처음 성모님을 만나 뵌 후 여러 달이 지난 어느 날 밤 꿈에 나는 또 한 번 성모님의 모습을 생생하게 보았다.

어느 높은 곳으로부터 짙은 붉은색의 걸쭉하고 뜨거운 용암 같은 물체가 거대한 폭포수같이 무섭게 쏟아져 내리고 있었는데 그 옆으로는 큰 바위들이 서 있었다.

그런데 그 무섭게 쏟아져 내리는 용암불 폭포 옆에 세워진 거대한 바위 위에 하늘거리는 긴 흰옷을 입은 한 여인이 두 팔을 양옆으로 활짝 펴고 서서 그 뜨겁고 거대한 거친 용암의 불폭포를 그녀의 온몸으로 막아내고 있었다.

그런데 그 용암 폭포의 기세가 얼마나 거셌던지 그 여인의 몸이 앞뒤로 심하게 흔들렸고, 그 여인의 옷은 폭포의 거센 바람으로 인해 무섭게 휘날렸다. 내가 보기에도 그 여인은 그 거대한 불 폭포를 막아 내느라 그녀의 온 힘을 다해 계속 애쓰고 있었다.

그런데 내가 바로 그 여인의 뒤 치맛자락 밑에서 너무나 평화스러이 아무 일도 없는 듯 장난감을 가지고 태평하게 놀고 있었다.

그때 내 눈에 보인 나는 5세 정도로 보이는 어린 여자아이였다.

그렇게 나는 마치 든든한 엄마 치맛자락에 싸여 평화롭고 행복하게 놀고 있는 철없는 아이 같았다.

꿈을 깨자 나는 성모님께서 그토록 무섭게 쏟아져 내리는 그 뜨거운 용암 불로부터 나를 보호하시려고 그렇게 애쓰시고 계신다고 생각했다. 그러나 내 안에 강하게 다가온 느낌은 바로, 성모님께서 그 거센 지옥불로부터 당신 자녀들을 지키시기 위해 그녀의 온 힘을 다해 필사적으로 악의 세력을 막고 서 계셨구나! 하는 마음이 강하게 느껴져 왔다.

그토록 강인한 성모님의 모습은 마치 그 어떤 위험한 사태에서도 죽음을 무릅쓰고 자녀들을 보호하고자 하는 육신의 어머니들처럼 성모님 또한 그분의 자녀인 인간들에게 악의 세력이 침범하지 못하도록 그토록 처절한 희생과 수고로 쉬지 않고 우리를 악으로부터 보호하고 계셨다.

그토록 애처로운 성모님의 모습을 내 눈으로 직접 보고 나니 그동안 성모님께 무심했던 나 자신이 한없이 부끄럽고 또 죄송하기 그지없었다. 그리고 그때 내게 보여주셨던 성모님의 그 놀라우신 사랑과 희생의 모습은 엄청난 축복으로 내 마음안에 깊이 새겨져 간직하게 되었다.

그리고 성모님 또한 내 영혼의 삶에 든든한 보호자 이심을 깨닫게 되자 내 가슴은 넘치는 기쁨으로 가득차 나는 큰 소리로 외쳤다.

"야! 내게는 천국 빽이 또 한 분 생겼구나!"

어느새 내 마음은 행복의 나래를 달고 푸른 하늘을 신나게 날고 있었다.

성령님의 안내로 만난 멕시코 성인 '후안 디에고'

나는 반평생을 개신교에서 신앙생활을 해 왔었기에 성인들에 대해 아는 바가 전혀 없었고 가톨릭으로 와서야 성인들에 대한 공경을 알게 되었다. 그러나 개신교식 신앙생활에 젖어 있던 나는 쉽게 성인들의 공경에 적응하지 못했고 천주교 신자이긴 했으나 다만 성인들의 훌륭했던 삶을 존경했을 뿐 그들을 기억하며 공경하는 일에는 별로 관심이 없었다.

그러던 어느 날 새벽 꿈속에서 나는 또 한 번의 아주 신비로운 경험을 했다.

꿈에서도 아직 해가 뜨기 전의 이른 새벽이었다.

나는 어느 혼자 앉는 의자에 앉아 하늘을 날고 있었다.

그런데 내 등 뒤에 누가 있는 것 같은 느낌이 들어 뒤를 얼핏 돌아보았는데 아직 해 뜨기 전이어서 잘 보이지는 않았지만 누가 내 등 뒤에서 내가 앉아 있는 의자의 양쪽을 꽉 잡고 있는 그의 두 손만은 내가 확실하게 보았다. 그리고 그의 얼굴은 볼 수 없었지만 얼핏 바람에 휘날리던 그의 옷자락은 분명히 내가 보았다.

그렇게 누군가가 나를 의자에 앉히고 초고속의 빠른 속도로 나를 데리고 어디론가로 가고 있었다.

너무 빠른 속도로 날아서 조금은 겁도 났지만 내 등 뒤에서 누군가가 나를 잡아주고 있다는 든든한 생각에 마음이 평온해졌다.

그래서 나는 눈 아래로 스쳐 가는 거대한 숲과 넓은 바다를 구경해 가며 그가 이끄는 대로 시원한 하늘을 가르며 기분 좋게 신비로이 날고 있었다.

그렇게 산과 물을 건너 한참을 날던 중 어느덧 날이 밝아와 내가 어느 땅의 한곳을 내려다보게 되었는데 그곳은 산을 오르는 듯한 길이었으나 차들도 다닐 수 있도록 아스팔트로 잘 포장된 길이었다.

그리고 그 길 옆으로는 군데군데 지쳐 보이는 사람들이 보따리를 옆에 놓고 앉아 있는 모습들이 보였다.

그래서 내가 속으로 '왜 저 사람들은 길가에 저렇게 앉아 있을까?' 하고 생각하고 있던 순간, 나는 어느 높은 언덕 위에 세워진 하얀 집의 뒤뜰에 홀로 서 있었다. 그 뒤뜰은 넓고 깨끗했다.

내가 서 있는 뜰의 뒷쪽으로는 나지막한 넓은 언덕이 그 집의 뒤뜰과 연결되어 이어져 있었고 그 언덕과 뒤뜰 사이에는 양쪽 끝에 낮고 허술한 울타리가 조금 있었으나 그 집의 뒤뜰과 언덕은 거의 훤히 이어져 있었다.

그런데 언제인가 한 남자가 내 앞에 다가와 서 있었고 그의 이름은 '후안 디에고'라고 본인이 내게 말한 것이 아니라 내 안에서 누가 내게 말해 주셨다.

그런데 그 '후안 디에고'라는 사람이 나에게 흰 장미꽃 한 다발을 안겨주었다. 그 흰 장미꽃을 받아든 나는 '빨간 장미꽃은 없나?' 하고 속으로 생각하며 그 남자의 어깨 너머로 보이는 언덕 위를 둘러보자 순간, 빨간 장미꽃이 다발로 지금 막 여기저기에 심겨지고 있었다.

그때, 나는 빨간 장미꽃을 다발로 다급히 심고 있는 한 여인의 옆 모습을 보았고, 또 언덕 위로 여기저기서 누가 나르는 듯 살짝살짝 가볍게 휘날리던 하얀 얇은 옷자락들을 내가 보았다.

그리고 그 빨간 장미꽃을 본 나는 빨간 장미꽃도 갖고 싶다고 그에게 투정 부리듯 말했다.

그리고 나서 내가 그 하얀 집의 뒤뜰에 누워 그를 보고 내 곁으로 가까이 오라고 손짓을 했다. 그러나 그는 그의 머리를 좌우로 천천히 저으면서 그 자리에 서서 선하고 부드러운 미소만을 내게 보내왔다.

꿈을 깬 나는 참으로 신비로웠던 꿈속 여행의 아쉬움으로 누운 채 그대로 그 꿈속으로 되돌아가 마치 한 편의 아름다운 영화를 보듯, 눈을 뜬 채 꿈속에서 신나게 날던 때와 성인을 만났을 때며 장미꽃 한 아름을 안겨주던 때의 장면들 하나하나를 그려 보았다.

"그리고 무엇보다 내 등 뒤에서 내 의자를 꼭잡고 나와 함께 나르시던 분이 누구셨지? 성령님? 아니면 천사? 분명 날개가 없었어! 바로 성령님이셨어!" 하며 혼자 중얼거리며 정말 기분 좋게 오랫동안 꿈속 광경을 되새기고 있노라니 어느새 넘치는 기쁨 속으로 날아든 행복이 빗장 건 내 영혼의 문을 마구 두드리고 있었다.

"행복이예요! 행복이 왔다구요!"

이렇게 나는 행복을 외치고 있었다.

그 당시 나는 그림 그리기를 좋아하는 친구들 십여 명과 함께 홍대 출신인 한 교우의 지도 아래 미술반을 만들어 매주 하루씩 모여 그림을 그려 가며 재미있는 이야기와 음식도 함께 나누는 즐거운 친교의 시간을 갖고 있을 때였다.

그러던 어느 날 문득 내 꿈속의 멕시코 여행이 생각나 미술반 친구들에게 그 꿈속 이야기를 그대로 들려주었더니 옆에 있던 윤카타리나 자매가 내게 말했다. 자기가 멕시코 여행할 때 보았는데 후안 디에고 성인 성당(과달루페 성당) 가는 길가엔 많은 사람들이 군데군데 앉아 쉬어 가는 것을 보았다며 찻길이 있어도 많은 사람들은 아직도 고행의 길을 택하느라 걸어서 높은 곳에 위치한 성당으로 오른다고 말했다.

그 말을 들은 나는 정말 소스라치게 놀랐다. 나의 멕시코 여행은 다만 칸쿤의 해변가에서만 일주일간 머문 것이 전부였고 그 외는 멕시코에 대해 전혀 아는 바가 없었다. 그런데 내가 꾸었던 그 꿈속의 상황들이 정확하게 현실 그대로 멕시코 땅 위에 존재하다니!

나는 그저 신비롭고 기분 좋은 행복한 꿈으로만 여겼기에 순간 그 자매의 말은 나에게 큰 충격으로 와 닿았다. 그래서 나는 그녀를 바라보며 "정말?" 하고 되물었다.

그러자 그 자매가 내게 말했다.

"성령님께서 언니를 그곳으로 데려가셨나 봐요! 그러니 언니 생전에 과달루페 성당(후안 디에고 성인 성당)엔 꼭 가보셔야

겠네요!” 하고 애교스럽게 말했다.

무엇보다 성령님께서 나를 그 먼 멕시코까지 데리고 가셔서 상상치도 못했던 멕시코 성인 ‘후안 디에고’ 성인을 만나게 해 주셨다는 놀라운 사실에 내 가슴은 마냥 기쁨으로 두근거렸고 내 마음은 한없는 행복에 젖어 성령님께 조용히 감사드렸다.

“성령님! 정말정말 땡큐! 땡큐!”

그러나 왜 성령님께서 내게 ‘후안 디에고’ 성인을 만나게 해 주셨는지에 대한 의문은 아직도 여전히 풀지 못한 나의 숙제이다.

어여쁜 6세 소녀의 희생

어느 날 휴스턴 한국신문에 6세된 어여쁜 소녀의 사진과 함께 가슴아픈 사연이 실렸다. 그 어린 소녀는 백혈병으로 같은 혈액형의 기증자를 찾고 있었다.

그 소녀의 부모는 30대의 젊은 사업가 홍권의 씨와 유선예 씨 부부였다. 그 부부는 다른 이민자들과 같이 삶의 터전에서 열심히 삶을 개척해 나가고 있었으나 하느님을 모르는 무종교 가정이었다.

그러나 그 어린 소녀의 애타는 사연에 휴스턴의 여러 한인 개신교에서도 그들을 방문하며 많은 기도로 돕고 있었고 휴스턴 한인 천주교 또한 많은 기도와 위로로 그들을 돕고 있었다.

내가 그 사실을 알았을 때는 이미 병원에서 손을 뗀 상태였고 집에서 부모들이 돌보고 있을 때였다. 그 어린 소녀는 오빠 하나가 있는 외동딸이었으며 그 딸을 향한 부모의 넘치는 사랑은 진실로 눈물겨웠다.

하루는 성당 교우들이 그 소녀의 집을 방문 한다기에 따라 나섰다.

방에 누워있던 가엾은 그 어린 아이는 몹시도 힘든 상태였고 그 젊은 엄마는 한시도 딸의 곁을 떠나지 않고 지키며 딸이 숨을 편안히 쉴 수 있도록 도와주고 있었다.

나는 그 힘든 고통들을 바라보며 솟구쳐 오르는 눈물을 오랜시간 동안 주체할 수가 없었다. 그리고 이틀 후 그 예쁜 어린 소녀는 세상을 떠났다. 그런데 무종교 였던 그 소녀의 부모는 아이의 장례를 천주 교회에 부탁해 왔다. 그리고 그 아이에게 루시아(홍영경)라는 세례명을 얻어 선물로 주었다.

그리고 며칠 후 나는 그 어린 소녀의 장례날 전날밤에 꿈을 통해 그 아이를 생생하게 보았다. 그 꿈속에서 우리 부부가 외출을 했는데 외출 시에 남편이 열쇠를 어디엔가에 떨어트려 내가 그 장소로 되돌아가 열쇠를 찾고 있었는데 날은 이미 어두워져 앞이 잘 보이지가 않았다.

그런데 길 옆에 길보다 약간 낮은 곳에 작은 무덤 하나가 보였고 그 무덤 위로 한 줄기의 빛이 내려졌는데 내가 보니 그 빛 가운데 내가 찾고 있던 열쇠가 떨어져 있었다. 그래서 내가 그 무덤으로 내려가 열쇠를 집어들고 보니 그 열쇠는 내 손바닥 절반 길이의 나무 십자가 열쇠 고리에 달려 있었다.

그래서 내가 그 열쇠를 집어들고 돌아서려는데 오른쪽 옆으로 내 어깨 높이의 나지막한 나무 판자로 된 작은 문이 하나 보였다. 그리고 그 판자문이 약간 열려 있어 그곳으로 부터 작은 빛이 새어 나오고 있었다.

그 나지막한 판자문의 안쪽이 궁금해진 내가 문을 조심스레 열고 안쪽을 들여다 보았더니 그 문의 안쪽은 환한 대낮이었다. 그리고 그 문 안의 입구 왼쪽으로 자그만한 철망이 하나 있었고 그 철망 위에는 애기 옷이 갈기갈기 찢기어진 채 걸려 있었다.

그리고 그 뒤로는 잘 정돈된 아름다운 장미 정원이 양쪽으로 넓게 펼쳐져 있었는데 그 양쪽 장미 정원 사이에 있는 넓직하고 깨끗한 길 위로 한 수녀님과 손을 잡고 무척이나 즐거이 걷고 있는 그 아이를 보았다.
그 아이는 너무나 행복한 모습으로 수녀님의 손을 잡고 깡충깡충 뛰기도 하며 즐거이 이야기를 나누며 걷고 있었다.

그리고 그 판자문의 왼쪽 담벼락으로는 다른 한 수녀님이 나즈막한 사다리를 타고 올라가 무척 크고도 예쁜 장미꽃

한 송이를 꺾고 있었다. 그 장미꽃의 크기는 작은 둥근 수박 크기만 했다.

그래서 나는 어머나! 저렇게 예쁘고 탐스러운 장미꽃을 왜 꺽나! 하면서 내가 속으로 말했는데 언제 그 수녀님이 내 마음의 소리를 들었는지 저 어린아이가 이 꽃을 하느님 전에 바치겠다고 해서 내가 꺾고 있다고 내게 말해 주었다.

꿈을 깬 나는 그 어린아이를 통한 하느님의 또 다른 계획이 있으신가? 하고 생각했다. 그리고 다음날 아침 그 아이의 장례식에서 나는 그 젊은 아이 엄마에게 당신의 딸이 하느님의 집에서 행복해하는 모습을 보았다고 짧게 전해주었다.

그 후 무종교였던 젊은 부부는 하느님을 찾게 되었고 영세까지 받아 그의 모든 삶을 하느님께 의지하며 살아가는 착실한 천주교인이 되었다.

그뿐만이 아니라 떠나보낸 어린 딸 대신에 딸과 동갑인 부모 잃은 가엾은 여자아이를 친딸로 입양해 돌보고 있으며 또한 아무도 돌보지 않는 자신의 친척 아이 남매를 데려다 그들을 온 정성과 사랑을 쏟아가며 돌보고 있다.

특히 아이들을 신앙으로 키우기 위해 최선을 다하는 그 젊은 부부를 볼 때마다 감격의 눈물이 나도 모르게 고여 왔다.

이렇게 그 젊은 부부는 하느님 품으로 돌아와 영원한 생명을 얻는 축복 뿐만아니라 하느님께서 가장 원하시는 이웃 사랑을 몸소 실천하며 하느님께 큰 기쁨을 안겨드리는 참으로 귀한 하느님의 자녀가 되었다.

이렇게 한 어린 소녀의 희생은 부모와 오빠, 그리고 가엾은 세 어린아이들을 하느님께로 인도하고 있었고, 그 아이의 부모 또한 뼈를 깎는 아픔 속에서도 곱게 맺어오른 탐스러운 귀한 열매로 태어났다.

《내가 만난 하느님》도서 원고를 끝맺던 날에 보여주신 환시

2015년 12월 나의 첫 도서 《내가 만난 하느님》의 원고를 마지막으로 정리해 출판사로 보낸 날 새벽 꿈이었다.

주님께서는 또 한 번의 참으로 놀라운 축복의 꿈을 내게 내리셨다.

깊은 새벽 꿈속에서 나는 집안 거실에 앉아 있었다. 그런데 우리집 대문 밖이 좀 어수선한 듯하여 거실 커튼 한쪽을 열고 밖을 내다보니 바로 우리집 대문 앞 길 위에 우리집 대문 쪽으로 방향을 둔 혼자 앉는 빈 의자들이 즐비하게 잘 정돈되어 놓여 있었다.

마치 누가 강연을 하기 위해 마련한 분위기 였다.

나는 다시 커튼을 닫고 돌아서니 우리집의 현관문 안으로 휴스턴 한인성당 2대 신부님이셨던 고 야고보(James Golasinski) 신부님께서 보좌관 한 분과 함께 우리집 안으로 들어오고 계셨다.

고 신부님은 미국인으로 오랫동안 한국에서 선교 활동을 하셨던 분이시며 성(Last name)까지도 한국 성인 '고'씨로 바꾸기까지 하시며 한국 가톨릭 선교를 위해 열정적으로 헌신하셨던 분이시다.

그리고 휴스턴 한인 성당 2대 신부님 으로도 9년 동안 본당 사목을 하셨던 분이시다.

그분은 참으로 예수님 닮은 삶을 사시던 분이시기에 우리 한인 성당을 떠나신지 40년이 지난 지금까지도 우리 성당 교우들 모두가 존경하며 따르는, 참으로 겸소하시고 사랑이 넘치시는 따뜻한 신부님이셨다. 그래서 우리 교우들은 아직도 해마다 그분의 생신을 잊지 않고 챙겨드리는 유일한 신부님이시다.

정말 꿈에도 생각지 못했던 고 신부님께서 우리집 안으로 들어오시는 것을 본 나는 너무나 놀라 '혹시 우리집 앞에서 성당 집회 하시다가 화장실이 필요하셔서 들어오셨나?' 생각하고 잠시 후에 거실로 들어오신 그분께 인사도 제대로 드리지 못한 채 나는 묻지도 않는 그분께 화장실이 이쪽이라고 안내했다. 그리고 나는 황급히 어질러진 집안을 치우고 있었다.

그때 얼핏 내 눈이 또다시 우리집 현관 문쪽으로 향했는데 내가 보니 머리 위엔 커다란 주교님만의 특이한 삼각 모자를 쓰시고 화려한 주교님의 의상을 입으신 분께서 지팡이를 짚으시고 우리집 안으로 들어오시는데 그분 뒤로는 많은 보좌 신부님들이 뒤따라 들어오고 있었다. 그리고 뉴스 보도진 기자가 오른쪽 벽 위에서 커다란 카메라로 사진을 찍고 있었다.

그 순간 나는 너무나 놀라 '웬일인가?' 하면서 위엄 있게 들어오시는 주교님과 많은 보좌 신부님들을 넋이 나간 사람처럼 멍 하니 바라보고 있다가 어느 순간 제정신이 든 내가 집 안을 치우려는 급한 마음으로 몹시 당황하고 있었다.

그런데 어느새인가 나는 시원하게 열린 고속도로를 바라보고 있었다. 그 고속도로는 차도가 10차선도 넘을 듯한 아주 넓은 대 도로였다. 그러나 그 도로는 차들이 전혀 다니지 않은듯 매우 깨끗한 새 도로였다.

그런데 그 도로의 인도 길가 쪽으로 수많은 혼자 앉는 빈 의자들이 즐비하게 잘 정돈되어 놓여 있었다. 그리고 나는 그 맨 오른쪽 제일 앞자리에 혼자 앉아 있었다.

그런데 내 눈앞의 윗쪽에는 마치 이층에 세워진 커다란 쇼윈도우같이 거대한 통유리로 된 큰 유리 공간이 공중에 떠 있었다. 그리고 그 유리 공간의 앞면에 한 여인의 석고상이

서 있었다.

그런데 그 석고상은 마치 우리집에 장식용으로 놓아둔 포도송이를 안고 있는 여인 석고상 같았다. 그래서 나는 '왜 우리집 장식용 여인상이 저곳에 있나?' 하면서 내가 의자에서 일어나 그 여인상이 서 있는 쪽을 올려다보았다.

그런데 그 여인상은 우리집 장식용 여인상이 아니라 가슴에 두손을 모으시고 서 계시는 성모님이셨고, 그분은 내가 그분을 보자 곧바로 뒤쪽으로 걸어가시며 사라지셨다.

그래서 내가 그 유리방의 안쪽을 들여다보게 되었는데 그 방의 중앙 높은 곳에는 눈부신 황금 의자가 있었고 그 의자 위에는 예수님 같으신 분이 위엄있게 앉아 계셨다.

그리고 그분의 의자 아랫쪽으로 예수님의 제자 같으신 분들이 그분의 오른쪽에 두 명과 왼쪽에 한 명이 서 있었다. 그리고 또 오른쪽 편에 서 있는 두 제자의 뒷쪽으로는 다른 여러 명의 제자들이 알 수 없는 말들로 웅성거리며 서로 움직이고 있었다. 그리고 이 모든 광경은 한순간에 보여졌다.

그러나 주님께서는 그 한순간에 일어났던 모든 상황과 그 분들의 모습을 내 머리속에 깊숙이 새겨 넣으셨다.

꿈을 깬 나는 무슨 의미 인가를 생각했고 '아마도 하느님께서 내 일생 동안 보여주셨던 하늘의 사실들을 세상에 알려 전하려는 내 마음의 용기를 보시고 기뻐하시고 계신가?' 하고 생각하며 이 모든 일들을 남편에게만 말했다.

그러나 중요한 사실은 정말 상상치도 못했던 천상 식구들의 모습을 뵐 수 있도록 나를 인도해 주신 성모님의 따뜻한 사랑을 가슴 깊이 느끼며 나는 나의 두 눈을 조용히 감고 성모님께 뜨거운 감사를 올려 드렸다.

그러면서 나는 또 생각했다. 이토록 귀한 예수님과 제자들의 모습들을 내게 보여주신 그 분의 뜻이 무엇일까?

그리고 또 고속도로 옆에 즐비하게 놓여 있던 그 많은 혼자 앉는 빈 의자들의 정체가 무엇을 의미하는지?

그리고 정식 제의까지 입으신 주교님과 신부님께서 우리 집 안으로 들어오심은 무엇을 말씀하시려는 것일까?

이렇게 내게 보여주신 이 모든 사실들 안에 숨겨진 그분의 뜻을 나는 여전히 깨닫지 못하고 있다.

그러나 한 가지 분명한 것은 "하느님께서 매우 기뻐하시는 모습임에는 틀림없는 사실이야!" 하며 나는 기쁨에 찬 목소리로 크게 외쳤다.

이 모든 놀라운 사실들을 이리도 하찮은 내게 내리시다니!
내 마음은 한없는 기쁨으로 가득찼고 내 가슴은 행복한 설렘으로 마구 뛰어댔다.

이 또한 내게 내리신 또 하나의 거대한 축복이 아닌가!

보잘것 없는 나를 이토록 사랑해 주시는 주님의 특별한 사랑에 메어오는 뜨거운 감사가 내 두 눈을 촉촉히 적셔왔다.

내 머리 한가운데 박힌 나무 십자가

2015년 어느 날, 깊게 빠진 새벽 꿈속에서 나는 칸막이가 줄줄이 늘어선 어느 도서실 같은 곳에 서 있었는데 그 칸의 한 면이 거울처럼 되어 있어 나를 비춰 볼 수가 있었다. 그래서 내가 그 거울 속 내 얼굴을 보았더니 내 이마 위에 까만 십자가가 커다랗게 그려져 있었다.

마치 재의 수요일에 이마에 받은 십자가 같았다. 그때 그곳엔 많은 사람들이 있었기에 나는 얼른 손으로 이마를 가렸다. 그리고 얼마 후 사람들이 떠나가고 주위가 조용해지자 나는 다시 내 이마 위에 그려진 십자가를 보려고 가렸던 손을 내리고 거울 속을 들여다 보았다.

그런데 갑자기 그 거울이 크게 확대되면서 아주 정확하게 내 이마 위의 십자가상을 보여주었는데 그 십자가는 내 이마 위에 그려진 것이 아니라 내 앞 이마를 뚫고 깊숙히 내 머리의 한가운데까지 밀고 들어간 불로 찍힌 나무 십자가였다. 그리고 그 십자가의 크기는 내 머리 크기 만했다.

나무로 된 십자가 위에 십자 형태의 불로 인장을 찍은 듯했다. 나는 내 머리의 한가운데까지 밀고 들어간 그 십자가와 동시에 깊이 파인 내 이마와 머리의 상태를 보며 소스라치게 놀랐다. 그러나 내 눈은 계속 까맣게 인장 찍힌 십자가만을 자세히 들여다보고 있었다.

불로 인장 찍힌 십자가 위에는 인장을 찍고 올릴 때 딸려 올라온 타다 남은 나무의 보푸라기 까지 또렷이 보였다.

그렇게 나는 한참을 들여다보면서 생각했다. 이렇게 큰 십자가가 내 두개골 중심까지 깊이 박혔는데 왜 나는 전혀 아프거나 불편하지 않을까 의아해하면서도 내 두 눈은 머릿속의 신비스러운 그 십자가만을 계속 들여다보고 있었다.

꿈에서 깬 나는 눈을 뜬 채 무슨 뜻인가를 생각하느라 오랫동안 자리에서 일어나지 못했다.

그리고 아둔한 나는 아직도 그 십자가를 내 머릿속에 깊숙히 심으신 그분의 뜻을 깨닫지 못하고 있다.

이생과 저승 사이의 철창문

우리 성당 교우였던 70대 후반의 강베네딕도 씨 가정과의 이야기다.

여러 해 전에 베네딕도 씨가 많이 편찮으실 때였다. 그당시 그분의 상태로는 큰 미국 병원으로 가야만 하는데 영어로 대화가 어려워 도움이 절실하게 필요한 형편이라고 MD Anderson 암센터에서 근무하던 교우 송 간호사가 내게 부탁을 해왔다.

사실은 내가 생물학을 전공한 덕에 의학 계통의 언어들을 일반인들보다는 좀더 알고있던 터라 오래전부터 한국에서 치료받으러 오는 교우 환자들이나 영어로 대화가 어려운 교우들을위해 계속 무료 봉사활동을 해온 사실을 그 간호사가 잘 알고 있었기 때문이다.

그래서 나는 강베네딕도 형제님이 의사를 방문할 때나 수술 기간 동안 계속 통역(Interpreter) 역할을 하며 돌봐드렸던 분이다.

그런데 10여년 후 그 가정에 이번엔 부인 강엘리자벳이 자궁암 진단을 받았다는 사실을 알게 되었고 가까이 지나던 그 노부부는 당연히 나에게 부탁을 해왔다.

그 노부부는 팔순 가까운 연세에도 그 힘든 직업인 건물 청소 일을 계속 하시고 계셨다. 그러나 그 노부부는 참으로 성실하시고도 순수하시고 선한 양심을 지니셨으며 또한 생각과 삶이 참으로 올바르시고 다정다감하신 대단히 훌륭한 인격을 지니신 분들이셨다.

그 소식을 전해 들은 나는 나의 모든 일들을 제쳐놓고 그녀의 치료를 내 일상에 최우선으로 놓고 새벽 4시든 밤 11시든 개의치 않고 나는 병원의 예약대로 참으로 열심히 그 부부와 함께 병원 치료에 최선을 다했다.

그러나 그녀의 상태가 점점 더 악화되어 가는 날이면 실망과 더불어 내 안의 모든 기운이 다 빠져나가 겨우 집에 돌아온 나는 나를 기다리던 남편을 힘없이 바라보며 울음을 터트리던 수많은 날들을 보내며 정신없이 지나다 보니 어언 3년이라는 세월이 흐르고 있었다.

그많은 날들 동안 오직 엘리자벳의 완쾌만을 위해 최선을 다 했건만 그리도 바라던 호전은 없고 병원 가는 날 수는 점점 더 잦아지더니 결국엔 더이상은 힘들다는 의사의 말에 나는 실오라기를 붙잡을 기운마저 없어 돌아서서 한없이 서럽게 울던 때를 기억하며 지금도 눈 안에 가득히 고인 눈물로 흐려진 시야 속에서 나는 이 글을 쓰고 있다.

그녀는 그러한 상태에서도 연한 희망을 안고 한국 가서 치료를 받아보겠다고 했다. 그리고 그녀는 중환자 같지 않게 깨끗했고 또 걸음도 잘 걸었기에 여행에 문제없을 것 같아 여행사를 알아봤더니 여행사는 환자의 병원 기록을 요구했다. 그래서 힘들게 병원 측에 부탁해서 받아낸 환자의 기록을 보내주었더니 이번엔 산소통과 기구들로 돌봐야 하는 이렇게 위험한 환자는 탑승이 허락되지 않는다고 했다.

죽어가는 사람의 마지막 소원으로 작은 삶의 희망을 안고 또 생전에 한국에 계신 어머니와 자식들을 만나 보기 위함인데 탑승 거부라니!

나는 화가 머리 끝까지 치올라, 있는 힘을 다해 악을 쓰며 대한항공 사장을 바꾸라고 명령하듯 소리치며 억지를 부리는 어처구니없는 행동을 서슴지 않고 해댔다. 결국 4~5시간의 끈질긴 싸움 끝에 허락을 받아내어 한국으로 떠나시게 되었다.

그러나 나는 그 항공사와의 언쟁으로 인해 치솟은 혈압이 떨어질 줄 모르고 계속 올라 거의 일주일 동안이나 중환자처럼 꼼짝도 못한 채 집안에 누워서만 지냈다.

그렇게 한국에 도착한 그녀는 채 3주도 못 되어 세상을 떠났다는 연락을 받았다. 우리 부부는 간절한 기도로 엘리자벳의 영혼을 주님께 부탁드렸다.

그녀가 한국으로 떠나기 전날 나는 작별 인사를 갔고 마지막 헤어질 때 그녀에게 희망을 주고 싶은 마음에 "우리 내년에 다시 만나요!" 하고 말해주었다. 그 말을 하고 나서 나는 곧바로 생각했다. 그분은 저세상으로 가실 분이니 우리가 다시 만나려면 나도 이 세상을 떠나야만 만날 수 있다는 얘기가 아닌가! 내가 한 그 말의 여운이 좀 묘했다.

그러나 그녀가 세상을 떠난 다음해 나는 어느 날 꿈속에서 그녀를 선명하게 만났다. 내가 어느 시골의 작은 기차역 대기실 같은 곳으로 들어갔는데 엘리자벳이 그 대기실 안에 있는 긴 의자 위에 혼자 앉아 있었다. 그때 내 생각에 다른 사람들은 다 들어 갔는데 나를 기다리고 있었다고 말하는 듯한 기분이 들었다.

그래서 나는 어느 파티장으로 초대받아 들어가듯 기분 좋게 엘리자벳을 불렀다. 그리고 나는 마치 파티 석상에서 춤추기 위해 남자가 여자에게 손을 내밀듯 엘리자벳에게 손을 내밀었다. 그때 그녀가 내게 다가와 내 손을 잡고 서서 우리가 함께 들어가려고 입구에 섰다.

그때 갑자기, 위로부터 대단한 무게의 거대한 철창문이 바로 내 앞으로 쾅 하며 내려졌다. 그 철창문이 아래로 내려칠 때 그 문의 거대한 무게로 인해 내 발밑에선 뿌연 흙가루가 마치 안개처럼 사방으로 힘차게 피어올랐다. 그리고 그 철창문이 떨어질 때의 소리는 마치 거대한 무게의 쇠뭉치가 땅을 힘차게 내려치듯 그 소리는 정말 대단했다.

나는 너무나 놀랐지만 내 앞을 막고 선 그 두꺼운 철창문의 모형이 내 눈 안으로 자세히 들어왔다. 그리고 나는 잠에서 깨어났다.

꿈을 깬 나는 누운 채 생각했다.

'내가 내년에 다시 만나자고 했더니 나를 만나보고 떠나려고 그때까지 기다리셨구나!

그리고 함께 들어가려 했던 나를 하느님께서 그 두꺼운 철창문으로 막으셨구나!' 생각하며

놀라운 하느님의 또 다른 역사를 크게 경험했다.

구름 위에서 작별한 친구 엘리자벳을 만나다

내가 돌보아주던 할머니 강엘리자벳이 76세에 세상을 떠났고 그때 내 나이 73세였다. 그래서 우리는 병원 치료를 받으러 다니는 사이에도 친구같이 지냈다. 그래서 나는 이번엔 친구라고 부르려 한다.

내가 이생과 저승의 철창문 앞에서 친구 엘리자벳과 헤어진 후 몇 달이 지난 어느 날 밤 나는 또다시 아름다운 꿈을 꾸게 되었다.

내가 하늘 위에 떠 있는 어느 하얀 구름 위에 서 있었다. 그 주위에도 하얀 구름들이 뭉게뭉게 떠있었는데 내가 서 있던 그 구름 위는 매우 넓직했고 구름 위에 서 있는 내 기분은 참으로 신비롭기 그지없었다.

나는 그 표현할 수 없는 황홀감에 쌓여 구름 위에서 사방을 둘러보고 있었는데 갑자기 옆의 구름에서 어떤 5~6세 정도된 여자아이가 내가 서 있는 구름으로 뛰어 건너왔다. 그 아이의 얼굴과 몸은 기쁨에 넘쳐 어쩔 줄 몰라하며 두 팔로 나비처럼 춤을 추며 내 앞으로 다가왔다.

그리고 기쁨과 환희에 찬 환한 얼굴로 나를 바라보면서 활짝 웃으며 춤추듯 나풀나풀 뛰놀며 내 앞을 지나더니 더 높은 구름으로 가벼이 날아올라가 그 구름 위에서 나비처럼 춤추듯 피아노를 치고 있었다.

하얀 구름 위에서 천사같이 피아노를 치고 있는 형용할 수 없이 아름다운 그 아이의 모습을 나는 황홀하게 올려다보고 있었다.

그때 갑자기 그 또래의 한 남자아이가 또 내 구름으로 뛰어 건너왔다. 그런데 그 아이 또한 이 세상 그 어디에서도 찾아볼수 없는 그러한 환희를 안고 기뻐 어쩔 줄 모르며 두 팔

로 춤추듯 뛰놀며 내 곁으로 다가왔다.

나는 그를 보자 나도 모르게 그 소년에게 말했다.

"지금 올라간 저 여자아이와 친하게 잘 지내야 돼요!" 하고 그에게 부탁하듯 말했다.

그랬더니 그 아이는 내게 환한 웃음을 지으며 "네 , 그럴게요." 하며 큰 소리로 대답하면서 기쁨에 넘쳐 춤추듯 뛰놀며 내 앞을 지나갔다.

그 당시 나는 그 여자아이가 이상하게도 돌아가신 강엘리자벳같이 생각되어져 그 남자 아이에게 그렇게 부탁했던 것이다.

꿈을 깬 후 나는 생각했다.

죽음 후의 세계란 이 세상 그 어디에서도 찾을 수도 없고 맛볼 수도 없고 느낄 수도 없는 정말 이 세상의 그 어떤 말로서도 표현할 수 없는 참으로 기가 막힌 환희와 기쁨과 즐거움이 넘쳐나는 곳인가 보다!

내가 보았던 구름 위의 그 아이들의 기쁨과 환희가 넘쳐나는 얼굴 표정들이며 기쁨에 넘쳐 어쩔 줄 몰라하며 온몸으로 춤추며 뛰놀던 그 아이들을 나는 이 세상 그 어떤 말로도 표현할 길이 없다.

그러면서 나는 또 생각했다.

'우리 모든 인간들도 이생을 떠나고 나면 저리도 넘치는 기쁨으로 가득찬 환희 속에 머무는 것은 아닐까?' 라고도 생각해 보았다.

그래서 죽음을 앞둔 사람들에게 꼭 말해주고 싶다.

"죽음을 겁내지 마세요!"

"그곳은 이 세상 그 어디에서도 찾을 수 없는 신비로운 기쁨과 환희가 넘쳐나는 참으로 아름다운 곳이랍니다" 라고!

하늘에 나타난 거대한 천상 용사들

2017년 어느 날 나는 또 한 번의 참으로 놀라운 꿈을 꾸었다.

하늘 전체를 뒤덮으며 온 하늘 위에 펼쳐진 총천연색의 거대한 천상 용사들과 찬란한 천상 식구들의 모습과 창공 위에 펼쳐진 거대한 천상의 신비로운 장면들은 참으로 놀라운 황홀 속으로 나를 몰아넣었다.

이 거대한 광경들은 마치 하늘 위에 찬란한 빛으로 신비로운 형상들을 그려내는 '오로라' 현상처럼 하늘 전체를 완전히 뒤덮으며 온 하늘 위에 총천연색으로 펼쳐진 찬란한 천상의 신비로운 장면들은 참으로 경이롭기 그지없었다.

처음에, 하늘 전체의 1/3크기나 되는 거대한 한 천상 용사가 말을 타고 동쪽 아래서부터 온 하늘을 붉게 물들이며 창공 위로 환~하게 떠오르고 있었다. 그리고 그 뒤로 두 명의 다른 말 탄 용사들도 그와 함께 동쪽 아래서부터 창공 위로 둥글게 떠오르고 있었는데 이는 마치 동쪽에서 아침 해가 떠오르듯 그 용사들은 지구 같은 어떤 거대한 둥근 행성의 동쪽 아래서부터 위로 떠오르고 있었다.

그리고 그 거대한 용사들은 용맹스러운 장군의 완전 무장된 옷을 입고 있었고 손에는 긴 칼을 잡고 거대한 말을 타고 웅장하게 나타났다.

그런데 그 말 탄 용사들의 크기가 어마어마하게 커서 그들 세 명의 용사만으로도 하늘의 절반을 채우고 있었고 또한 하늘에 나타난 모든 사물들의 크기 또한 이들처럼 거대하게 컸기에 하늘에 나타난 모든 장면들은 온 하늘을 꽉 채우고 있었다.

그리고 하늘에 나타난 말 탄 용사들과 천상의 장면들 모두는 눈부시게 화려한 총천연색이었다. 그 웅장하고 화려한 천상의 신비로운 장면들은 참으로 놀랍기 그지없었다.

그리고 한순간, 내 눈앞에 동쪽 천상에서 내려온 왕궁의 사람들인듯 하늘의 절반을 덮으며 거대하게 나타났는데 그들은 황금으로 화려하게 장식된 긴 옷을 입은 왕족과 왕실의 남자 귀족들의 모습 같았다.

그리고 조금 후에는 여인들이 뒤따라 천상에서 내려온 듯했는데 왕관을 쓴 여인과 그에 따른 왕실의 여인들인 듯 6~7명의 여인들 모두가 화려한 긴 옷을 입고 있었다. 그들은 내 눈에 마치도 신비로운 천상 식구들의 모습으로 보였다.

그 여인들은 말 탄 용사들보다 나로부터 좀 먼 거리에 있었으나 그 여인들의 크기 또한 거대해서 창공 위에 나타났던 몇 명의 여인들만으로도 하늘의 1/4을 채우고 있었다.

이렇게 창공 위에 펼쳐진 총천연색의 거대한 장면들은 온 하늘을 누비며 하늘 전체 위에 펼쳐졌는데 어떤 용사는 말을 탄 채로 내 머리 위로 하늘의 절반을 덮으며 다른 방향으로 나르기도 했다.

이토록 거대한 말 탄 용사들의 모습은 마치 창공 위에서 벌어질 악마와의 대결을 위한 천상의 용사들같이 보였고 말을 타고 있는 그들의 모습은 참으로 용맹스러운 장군들의 모습으로 하늘 아래 창공 전체를 꽉 채우며 거대하게 나타나 보였다.

그 창공 위에 펼쳐진 총천연색의 거대한 장면들은 참으로 말로 표현할 수 없이 웅장하고 또 장엄했다.

그리고 또 하늘 전체가 강한 붉은색으로 덮혀 있었으나 하늘 아래 창공 위에 나타난 모든 장면들은 총천연색의 환한 빛 가운데서 활동하고 있었으며 창공 한편에서는 천상 용사들이 용맹하게 적과 싸우는 장면도 한순간 나타나 보였다.

그리고 동서남북 사방에서 하늘 전체의 1/3 또는 1/4의 크기로 떠오르는 거대한 여러 형태의 사람들의 모습과 표현할 수 없는 신비로운 색상으로 환~히 떠오르는 여러 형태의 신비로운 장면들과 또 그 거대한 장면들의 신비로운 움직임들을 내 재주로는 도저히 표현할 길이 없다. 다만 나 자신이 형용할 수 없는 무아지경에 놓여 있었을 뿐이다.

그리고 또 거대한 한 장면이 하늘 전체를 덮으며 떠올랐다가 사라지면 또 다른 쪽에서 거대한 다른 신비로운 장면이 신비로운 색상을 띄우며 아래서부터 둥글게 위로 떠오르기를 계속하면서 하늘 아래 온 창공 위를 놀라운 신비의 장면들로 가득 채우고 있었다.

둥글게 떠오른다는 말은 천상의 식구들을 제외하고 모든 장면들이 지구같은 거대한 어떤 둥근 형태의 행성 아래서부터 창공 위로 떠오르고 있었는데 그 둥근 행성은 마치 지구같이 느껴졌다. 그리고 그 둥근 행성의 크기는 천상 용사의 크기와 비슷했다. 그 정도로 창공에 나타난 용사들은 거대했다.

그리고 때론 이곳저곳에서 두세 개의 거대한 장면들이 하늘 전체를 덮으며 창공 위로 떠오를 때면 어떤 장면을 먼저 봐야 할지 내 눈을 혼란에 빠지게도 했다.

나는 이렇게 놀랍도록 웅장하고 화려한 장면들에 완전히 압도되어 나도 모르게 내 입에서 나오는 "아! 아!" 하는 꿈속에서 하는 내 감탄의 탄성 소리를 실제로 내 귀로 정확하게 듣고 있었다.

이렇게 창공 위에서 펼쳐지고 있는 놀랍도록 장엄하고 황홀한 천상의 장면들을 넋을 잃고 바라보며 계속 터져나오는 나의 탄성 소리와 함께 나는 꿈에서 깨어났다.

꿈을 깬 나는 창공 위에 펼쳐진 그 거대한 신비로운 모든 장면들을 다시 눈앞에 그려 보며 생각했다.

그 거대한 천상 용사들은 천국을 지키는 천국 용사들인가? 아니면 우리를 악으로부터 지키기 위해 창공 위로 배치된 천국 용사들인가?

또한 그 천상 용사들이 지구 같은 둥근 행성 아래서 떠오르고 또 아래로 사라진 것을 보면 '혹시 온 우주 천체 중에서도 인간이 살고 있는 지구 주위의 창공을 돌며 인간들을 악으로부터 보호하고 있는 것은 아닐까?' 라고도 생각해 보았다.

이렇게 우리 인간들은 보지도 못하고 느끼지도 못하고 삶을 살아 가지만 주님은 우리를 악으로부터 보호하시기 위해 지상 뿐만 아니라 창공 위에까지 한 치의 빈틈도 없이 사방에서 진을 치고 악을 막고 계신다고 생각하니 인간을 위한 주님의 그 뜨거운 사랑에 눈시울이 촉촉히 젖어왔다.

그토록 찬란한 천상 식구들의 모습과 거대하고 용맹스런 천상 용사들이 활동하는 든든한 모습들을 내게 보여 주시어 주님의 한없는 사랑을 깨닫게 해주신 나의 사랑 나의 하느님께 감사와 영광과 사랑과 흠숭을 영원 세세토록 올려 드리리라!

이렇게 하느님의 자녀인 우리는 그분의 끝없는 사랑으로 지상과 창공에서까지 악으로부터 안전하게 보호받고 있는 참으로 행복한 사람들인 것이다.

제의실 안에 임재하신 주님

내 나이 75세 때 나는 부재님으로부터 생각지도 않았던 제의를 받았다. 그것은 전례부의 일을 맡아 달라는 제의였다. 그 제의는 신부님과 부제님, 그리고 사목 총책임자의 합의하에 결정된 일이라 하셨다.

그러나 나는 '주님께서 나를 쓰시려고 부르시는구나!' 하는 내 마음의 소리가 조용히 들려왔다. 그래서 그분들 앞에서 "이 나이에?" 하며 약간은 놀라워 주저했지만 즉시 마음 안에 확신이 생겨 그 자리에서 승락을 했고 그날부터 미사 전례를 익혀 갔다.

주님과 가장 가까운 곳에서 주님께 올려 드리는 거룩한 성체와 성혈과 미사의 제대상을 내 손으로 준비해야 하는 전례부의 임무는 나를 너무나 행복하게 했다.

또한 주님 곁에서 그분과 함께 더 많은 대화의 시간을 나눌 수 있다는 점이 한없이 좋았다.

그러던 어느 날 주님께서는 제의실의 거룩함과 동시에 제의실 안에서의 예의와 바른 언행들에 대해 빛으로 내게 가르쳐 주셨다.

내가 전례를 맡은지 1년쯤 되었을 때였다. 어느날 꿈에 내가 전례 준비를 하려고 제의실 문쪽으로 가자 제의실 안으로부터 눈부신 빛이 환~하게 쏟아져 나오고 있었다.

그 빛은 활짝 열려 있는 제의실 문 전체를 꽉 채우며 제의실 밖으로 쏟아져 나왔는데 그 빛이 너무나 강하고 또 놀라워 도저히 내가 제의실 안으로 들어갈 엄두가 나지 않았다.

그래서 제의실 문 옆의 벽에 서서 넋을 잃고 그 놀라운 환~한 빛을 바라보고 있었는데 갑자기 제의실 안에서 두런두런 말소리가 들려왔다. 무슨 말씀인지는 알 수 없었으나 말씀들을 나누는 소리였다.

그래서 내가 용기를 내어 말했다.

"거기 누가 계세요?" 했고 또한번 "거기 누가 계세요?" 하고 물었다.

그러자 더이상 말씀들이 없으셨다.

그러나 나는 제의실 안에서 쏟아져 나오는 그 강한 빛 때문에 도저히 제의실 안으로 들어갈 엄두가 나지 않아 되돌아 성당 안으로 나왔다.

성전 안으로 나와 보니 성전 안의 전등이 어두운 붉은빛이였고 약간의 신자들만이 성당 안에 있었는데 분위기는 어수선했다. 그리고 성당 한쪽 고해성사 방에서 성사 본 사람이 나오고 있었다. 나는 그들을 바라보며 '성당 안이 왜 이리 어둡고 어수선 한가!' 하며 걱정스러운 마음으로 꿈을 깼다.

그리고 몇달후 중국에서 발생한 "코비드 19"의 역병은 순식간에 전세계로 퍼저 우리 성당도 어두운 날들을 맞게 되었다.

또한 나는 이전엔 제의실이 조금은 특별하다고 느꼈지만 그토록 조심스러운 곳인지는 몰랐다. 그래서 그 안에서 사람들과 잡담도 하며 행동도 특별히 크게 조심한 적이 없었다.

그러나 제의실 안으로부터 쏟아져 나왔던 그 눈부신 빛을 내 눈으로 직접 보았고 또 그 빛을 타고 들려오는 그분들께서 나누시는 말씀의 음성까지 내 자신이 직접 듣고난 후부터 내 안에 큰 깨달음이 왔다.

제의실이란 곳은 참으로 주님께서 직접 우리와 함께 거하시는 특별한 장소이구나!
하며 그제서야 제의실의 거룩함을 깨닿고 제의실 안에서의 내 말과 행동이 바로 주님 앞에서 하듯 매우 조심스러이 변해갔다.

이러한 방법으로 주님께서는 나를 올바른 전례부로서의 교육을 직접 시켜주셨다.

그래서 그전엔 아무도 전례 부원들에게 이런 가르침을 준 적이 없었기에 내가 그 일을 하도록 주님께서 내 눈으로 직접 보여주신 것 같아서 책임감까지 느끼게 되었다.

그래서 그후 나는 다른 전례 부원들에게도 제의실에 들어오면 먼저 주님께 인사부터 드리고 일을 하라고 일렀고 또 잡담은 제의실 안에서 하지 않도록 개인적으로 일러주기도 했다.

이는 오직 우리 성당 제의실 안에서만 해당되는 일은 아니라고 생각한다. 지구상의 모든 성당 제의실 안에는 이와 똑같이 주님께서 특별히 임재하시어 거하시는 거룩한 장소임을 명심해야 할 것이다.

그래서 제의실 출입할 때나 제의실 안에서 일할 때면 항상 주님 앞에서 하듯 조심스러이, 그리고 겸손하게 말과 행동을 해야됨을 잊지 말기를 바란다.

이제 나는 주님께서 보여주신 제의실에서의 예의와 거룩함에 대한 중요한 교육을 이 책을 통해 모든 전례부들과 또한 모든 신자분들에게 전해줌으로써 나의 임무를 완수하려 한다.

하늘위에 펼처진 찢어진 예수님의 심장

2019년 초 어느날 새벽 꿈에서 였다.

나는 전등이 환~하게 켜져 있는 어느 넓은 식물원 같은 건물 안에 서 있었는데 갑자기 내 앞에 내가 아는, 우리 성당의 한 여자 교우의 얼굴이 크게 확대되어 나타났다.

그런데 그녀는 그녀의 얼굴을 바짝 쳐들고 내 아래서 나를 올려다 보고 있었다.

그리고 순간 내 눈이 그녀의 몸을 보았는데 얼굴은 사람이었으나 몸은 작은 고양이 정도였고 짧은 다리와 등은 몹시도 굽은 꼽추에 뿔까지 달린 완전한 괴물이었다.

그 괴물은 바로, 악한 마귀의 부하인 도깨비 형상이였다.

그 작은 괴물은 건물 코너의 여기저기를 순식간에 옮겨 다니며 몸을 숨기고 사방을 살피기도 했다.

너무나 놀란 나는 그 작은 괴물의 기이한 행동을 한참을 보고 있었는데 어느새인가 나는 그 건물의 커다란 유리 창문을 통해 밖을 보게 되었다.

그곳엔 수많은 사람들이 빽빽하게 늘어서서 한쪽 팔을 높이 추어올리고

알 수 없는 소리로 하늘을 향해 데모를 하듯 무엇인가를 강하게 외치고 있었다.

그때 나는 또 그들 가운데서 낯익은 한 남자 교우를 보았다. 그는 온전한 사람이였다.

그래서 나도 밖으로 나가 보았더니 하늘 또한 캄캄해 온 천지가 어둠 속에 쌓여 있었다.

그래서 나도 영문도 모른채 그들을 따라 같은 행동을 하려고 팔을 들고 하늘을 올려다 보자, 그때 갑자기 하늘의 1/3 정도가 칼로 자르듯 일직선으로 좍– 찢어지더니 그 찢어진 부분이 서서히 열리기 시작했다.

내 눈은 그 놀라운 광경에 집중했고 얼마후, 나는 그 열린 안쪽을 훤히 볼수가 있었다. 그 안에는 거대한 빨~간 선홍색의 걸쭉한 액체가 보였는데 그 선홍색의 걸쭉한 액체는 거대한 핏덩이 같았고 또 걸죽한 화산 속의 붉은 용암 같았다. 그런데 그 선홍색 액체는 땅으로 쏟아져 흐르지 않았고 그 안 에서만 계속 같은 속도로 거대하게 둥글 둥글 돌고 있었다.

그렇게 오랫 동안을 거대하게 돌다가 얼마 후에 찢어졌던 곳이 다시 닫히면서 원래의 어두운 하늘로 되돌아왔다. 그리고 동시에 나도 꿈에서 깨어났다.

그 특이한 꿈이 무엇을 의미 하는가?

그 당시엔 너무나 충격적인 광경이었기에 조금은 당황해서 아무런 생각이 떠오르지 않았다.

그런데 하늘이 한순간 일직선으로 쫙- 찢어지며 그 안에 펼쳐졌던 그 걸쭉한 선홍색 액체가 둥글 둥글 돌아가던 그 거대한 형상이 계속 내 눈안에 선명하게 아롱거렸다.

그럴 때면 나는 하늘이 찢어지며 그안에서 거대한 붉은 액체가 둥글 둥글 돌아가던 그 모습이 혹시

'예수님의 찢어진 심장을 의미하는 것은 아닐가?'

하고 생각해 보았다.

그렇다면 예수님께서는 왜 내게 자신의 심장이 찢어지는 순간부터 또 찢어진 곳을 열어 당신의 피가 거대하게 둥글 둥글 돌아가던 그 놀라운 형상들을 그리도 생생하게 나에게 보여 주신걸까? 이토록 캄캄한 어둠속에서? 라는 의문과,

그리고 건물 안에서 내가 본 참으로 놀라운 그 여자 교우

의 기이한 형상은 나에게 큰 의문을 안겨 주었다.

그 당시 나는 이러한 의문 들과 함께 이토록 황당한 꿈들을 그리도 생생하게 내게 보여주신 그분의 뜻을 전혀 이해할수가 없었다.

그러나 몇달후, 갑짜기 중국에서 알수없는 괴질이 발생했고 그 '코비드19' 이란 역병은 한순간에 수많은 사람들을 죽음으로 몰고 간다는 소식이 전해왔다.

그러자 얼마후 그 괴질은 순식간에 유럽으로 또 미국까지 퍼저와 온 지구 위의 인류들을 하루에도 수천, 수만의 인명들을 죽음으로 몰고가는 사상 최대의 놀라운 사건이 발생했다.

그때 나는 생각했다.

한없이 타락한 인간세상에 닥처올 재앙으로인해 주님께서 그리도 아끼시고 사랑하는 인간들이 겪어야할 고통을 생각하며 인간에 대한 한없는 사랑의 연민으로 당신의 심장을 찢으셨으리라!

그리고 이러한 인간들의 환난을 기회삼아 신자의 탈을 쓴 악령들이 서서히 하느님의 성전까지 스며드는 안타까운 현실이 너무나 가슴아파 자신의 심장을 찢으시며 당신의 고통을 호소 하신 것이리라! 라는 확신이 들었다.

또 얼마나 마음이 답답하시고 고통 스러우셨으면 아무 힘도 없는 미물같은 내게 까지 당신의 고통을 호소하신 걸까 !

하고 생각하니,

갑자기 고통에 지친 가엾으신 주님의 모습이 떠올라 나도 모르게 왈칵 눈물이 솟구쳐 그만 소리내어 울고 말았다.

그후 나는 그 꿈으로 인해, 주로 내 가족만을 위해 드리던 기도가 차츰 교회와 세상을 향한 기도로 변해갔고, 또 교회와 세상을위해 기도 드릴때면 언제나 찢어진 주님의 심장이 떠올라, 눈안에 고여진 내 눈물은 소리없이 주루룩 볼을타고 흘러내렸다.

그렇게 주님께서는 그 꿈을 통해 내 기도의 영역을 교회와 세상으로 넓혀 주셨다.

그러던 어느 날 항상 믿음으로 소통하던 개신교 친구인 박희복 자매로부터 한 이메일이 왔다. 그분은 오래전 휴스턴에 '브니엘'이란 한 신심 단체를 구성하여 매달 양노원과 불우이웃을 찾아다니며 하느님의 사랑을 따스히 전하며 주님의 말씀을 몸소 실천하시는 참 믿음의 자매 이시다. 연세가 80이 넘으셨지만 지금도 여전히 손수 음식들을 사서 노숙자와 불우 이웃을 돕고 계시는 천사 같은 분이시다.

그분께서 갑짜기 코비드19 바이러스란, “하느님의 찢어진 심장” 을 우리에게 알리시는 도구 라시며 우리가 처해 있는 이 어려운 시기에 그동안 베풀어주신 하느님의 은혜와 축복과 사랑을 깨달으며 진심으로 감사하는 마음으로 주님께로 더 가까이 다가 감으로서 주님의 찢어진 심장을 치유해 드릴 수 있는 하느님의 자녀들이 되어야 한다고 모든 브니엘 사역자들과 나에게 이-메일을 보내왔다.

그 순간, 그분의 ‘찢어진 하느님의 심장’이란 그 말이 내 머리를 치며 박혀왔다. 그러면서 내 기억속에 하늘이 일직선으로 쫙- 찢어지면서 그안에 거대한 선홍색의 액체가 둥글 둥글 돌아가던 그 형상이 또 다시 내 머리에 또렷하게 떠올랐다.

그러면서 그순간 내게 얼핏 의문이생겼다. 어떻게 그 자매도

나와 같은 시기에 주님의 찢어진 심장에 대해 그토록 강하게 말하고 있는걸까? 나에겐 놀라운 또 하나의 의문이었다.

(내가 분명히 말씀드리지만 나는 주님께서 영적으로 내게 보여주신 꿈이나 생시의 환상들은 남편 외에는 그 어느 누구에게도 절대로 말하지 않는다. 이유는 아무도 이해를 못할 뿐만 아니라 주님의 존귀한 일들이 하찮게 여겨짐이 두려워서 였다.)

이렇게 주님께서는
질병으로 인한 인간이 당할 고통과
성전 안으로 스며드는 신자의 탈을 쓴 악한 영들로 인해,
믿음의 자녀들이 겪어야할 혼란을 애타 하시며 당신 심장을 찢으셨던 주님의 그 고통을 생각하며
나는 오랫동안 깊은 침묵속에서 헤어날 수가 없었다.

그리고 나는 그 거대한 나의 체험을 나누기 위해 인류가 겪고 있는 이 환란에 대해 우리가 어떻게 대처해야 하는가 ? 를 여러번 글로 써서 휴스턴 한인 신문에 기제하기도 했다.

사람이 사람을 가까이 할수도 없고 가족 마저도 멀리해야 하는 이 황당한 환란 속에서 우리가 해야 할일은

회개와 함께 , 받은 모든 은혜에 감사하는 마음으로
각자의 모든 삶을 오직 주님께로만 향하고
그분 말씀을 믿고, 따르고, 의지 하며
내 삶의 모두를 그분께 내어 맡기는 길만이
현세의 환란과 또 앞으로 닥칠 환란들을 극복 할수있는 유일한 길 인것이다.

— 환란의 때에 주님께서 우리에게 하신 확실한 약속을 전한다. —

* 나에게 부르짖는 자를 내가 건져주고 어떤 환란에도 그와 함께 있으리니 밤중에 퍼지는 염병도 한낮에 쏘다니는 재앙도 두려워 말라!

* 네 왼쪽에서 천명이 쓰러지고 네 오른쪽에서 만명이 쓰러져도 너는 조금도 다치지 않으리라!

* 또한 어떤 불행도 너를 덮치지 못하며 어떤 재앙도 네 집에 가까이 하지 못하리라!

성모님께서 오래전 내게 당부하신 말씀을 이루시다

내 나이 60세 때의 일이었다. 내가 우리집으로 간다고 생각하며 집으로 돌아가려 할 때 성모님께서 내게 이렇게 말씀하셨다.

"환란이 지날 때까지 가지 마라."

때때로 나는 성모님의 그 말씀을 되새기며 지상의 환란이 내가 살아 있을 때 오게 되리라는 생각을 해왔다. 그때가 언제일까를 생각했고 첫 번째 환란으로 2019년 가을 중국에서 발생한 코비드19 역병의 환란이 아닐까 생각해 보았다.

왜냐하면 2021년 봄, 꿈을 통해 그 말씀과 연결되는 신비로운 광경을 내게 보여주셨기 때문이다.

꿈속에서 내가 보니 내 눈앞에 거대한 넓은 평지가 펼쳐져 있었고 그 평지 위에 마치 군인들이 대대별로 열병식을 하듯 가로와 세로로 줄을 맞추어 서 있는 큰 다섯 대열이 보였다. 그 대열에 서 있는 사람들은 모두가 깨끗한 하얀 옷을 입고 있었다.

그리고 한쪽으로는 매우 평평하고도 넓직한 하얀 구름이 하늘과 땅 사이를 연결하는 길을 이루고 있었다.

그 구름 길은 하늘을 향해 편안하게 오를수 있도록 약간 경사진 넓은 길이었고 그 구름 길의 양쪽으로는 얇은 구름들이 바람결에 새털처럼 가볍게 흩어지고 있었다.

그리고 땅 위엔 약간 어둠이 깔려 있었으나 그 구름 길 위는 환했다. 아마도 그 구름 길을 따라 올라갈수록 점점 더 환한 빛을 맞이할 것 같았다.

얼마 후 그 구름 길 위를 첫 대열에 있던 흰옷 입은 사람들이 아주 여유로이 천천히 자유롭게 걸어 오르고 있는 것을 보았다. 아마도 그 사람들은 첫 번째 환란 후에 떠나야 하는 선인들로 생각되어졌다.

그리고 나머지 대열들은 그대로 그 평지에 남아 있었는데 그 다음 두 번째 대열은 두 번째 환란 후에 떠날 선인들로 생각되어졌다.

그래서 다섯 대열의 뜻은 마치 앞으로 다섯 번의 환란을 더 겪어야만 된다는 의미로 그 다섯 번째의 환란이 지구상의 대환란의 끝을 의미하는 것은 아닐까 하고 생각해 보았다. 그리고 나는 맨끝 다섯 번째의 행렬에 서 있었다.

20여년 전 성모님께서 나에게 "환란이 지날 때까지 가지 마라!" 하신 그 말씀대로 지상에서의 내 생은 모든 환란이 지난 후 마지막 다섯 번째의 환란 후가 되리라는 생각을 스스로 해보았다.

두번째 환란이 몇 년 후에 닥쳐올지는 모르지만 앞으로 우리는 분명 네 번의 환란을 더 겪은 후에야만 새로운 평화로운 세상을 이 땅 위에 펼쳐주시지 않을까 하고 생각해 보았다.

이 모든 사실들은 나도 모른다. 내가 전혀 생각지도 않았던 일들을 내게 보여주셨고 또 보여주셨던 일들을 글로 쓰도록 이끄시며 나를 주님의 도구로 써주심에 나는 그저 감사, 또 감사만을 드릴 뿐이다.

내 삶도 어느덧 80을 바라보며 '인생 일장춘몽'이란 말이 가슴 깊이 느껴온다. 참으로 우리네 인생은 한 봄날의 긴 꿈과 도 같다.

그와 같이 나 또한 참으로 빠르게 지나간 내 삶을 되돌아 보며 뒤늦게라도 하늘의 뜻을 깨닫고 그분의 말씀을 매 순간 마음 안에 새겨가며 그분의 말씀대로 살아 가려고 노력하는 내 자신이 참으로 대견스럽고 또한 눈물겹도록 감사하다.

인생은 길어야 겨우 백여년이다. 그리고 그 어느 누구도 피할 수 없는 죽음은 어느 순간 모두에게 찾아온다. 기필코!

그때엔 다 버리고 떠나갈 쓰레기 같은 이생의 욕심을 버리고 죽음 후에 다가올 영원한 나라를 바라보며 삶을 살아가는 사람들은 얼마나 지혜롭고 또 현명한 사람들인가!

그들이 바로 하늘의 축복을 받은 자들이다!

이토록 끝이 없는 사랑으로 79년이란 긴~ 세월 동안 나의 삶 안에 다정히 나와 동행하신 나의 사랑 나의 주님께서는,

나의 남은 인생길 위에도 여전히 내 손 꼭 잡으시고 나와 함께 더 뜨거운 사랑을 나누며 행복한 데이트를 계속 이어갈 것이다.

2장

주님 성탄 미사 때 예수님과 성모님을 만난 카타리나 리바스(Catarina Rivas)의 증언

어느 주일 날 믿음 좋은 한 교우가 내 손에 책 한 권을 쥐여 주었다. 그 책의 제목은 《거룩한 미사(아베마리아 출판)》라는 책이었다. 나는 책의 제목만을 보고서 그냥 미사를 거룩하게 드리라는 교육 지침서로 생각하고 별 생각없이 머리맡에 두었다.

다음날 아침 우연히 그 책이 눈에 들어와 펴서 보게 되었는데 내가 편 곳에 '카타리나의 증언'이라는 제목이 눈에 번뜩 들어왔다. 그때 나는 주저없이 그 자리에 앉아 읽기 시작했다. 그리고 나는 그 증언에 매료되어 단숨에 끝까지 읽어 내려가며 참으로 귀한 미사의 참된 의미를 깨닫는 소중한 시간이 되었다.

그중 가장 놀라운 것은 우리가 하느님께 올려드리는 모든 미사와 예배 시간 안엔 참으로 하느님께서 현존하신다는 사실이었다.

이 현존의 사실을 카타리나 리바스에게 하나하나 보여주시며 말씀으로 교육하신 내용이었다.

이는 천주교의 미사뿐만 아니라 개신교의 예배 시간 안에도 똑같이 현존의 기적이 임한다고 나는 믿는다. 이는, 오직 야훼 하느님만을 창조주 아버지로 믿으며 예수 그리스도만을 구세주로 믿고 보혜사 성령님만을 주님으로 믿는 똑같은 하느님의 자녀들이기 때문이다.

그리고 미사와 예배 시간 동안 우리에게 내리시는 그분의 사랑과 축복이 얼마나 대단한지를 믿음의 자녀들에게 확실하게 알려주신 참으로 소중한 가르침이었다.

이 증언을 읽자 갑자기 내 안에서 도저히 이 놀라운 사실들을 전하지 않고는 견딜 수 없는 욕구가 샘솟듯 솟구쳐 올라왔다.

그래서 이 카타리나의 증언을 통해 내가 얻게 된 모든 소중한 선물들, 즉 내가 예전엔 전혀 몰랐던 미사 안에서 일어나고 있는 놀라운 기적들을 믿음의 형제 자매들과 함께 나누고자 나의 독후감을 전한다.

모든 미사안에 현존하시는 하느님

카타리나 리바스라는 여인은 남아메리카 중부에 위치한 볼리비아의 코차밤바에 사는 평범한 가정주부였다. 그녀가 주님 탄생 대축일 미사에 참례하기위해 성당 안으로 막 들어서자 성모님께서, "오늘 미사에 대해 너에게 교훈을 주려고 하니 오늘 미사에 특별히 집중해야 한다. 왜냐하면 너는 오늘이 미사 안에서 일어나는 모든 일의 증인이 되어 온 인류에게 그것을 알려야 하기 때문이다."라고 그녀에게 말씀하시며 미사 절차 하나하나에 대해 설명해주신 것을 우리에게 전하는 살아있는 참된 말씀이었다.

대주교가 거룩한 미사의 시작을 마치고 참회 예절을 시작하자 거룩하신 동정녀께서 카타리나에게 말씀하셨다. 주님께 네 마음 깊은 데서부터 네가 행한 모든 잘못에 대한 용서를 청하여라. 그러면 너는 거룩한 미사를 드릴 합당한 자격을 얻을 것이다.

그리고 모든 미사 때마다 미사 전에 성전 안에 들어와 조용히 마음을 가다듬고 거룩한 미사를 위한 준비의 기도로 먼저 성령을 보내주시기를 주님께 청하여야만 한다. 그러면 성령님께서 너의 모든 걱정과 산만함을 몰아내시어 성체 성사의 지극히 거룩한 순간을 바르고 합당하게 거행할 수 있도록 도와주신다.

그리고 미사는 지극히 높으신 분께서 보내시는 가장 위대한 은총의 순간을 함께하는 기적 중의 가장 큰 기적이다. 그러나 많은 신자들은 이 거룩한 미사를 소중하게 여길 줄 모르고 그저 형식적으로만 드리므로 참으로 위대한 그분의 은총을 놓치고 있다고 카타리나에게 말씀하셨다.

성모님의 이 말씀은 대부분의 신자들에게 참으로 귀한 깨우침을 주신 중요한 말씀이라고 나는 생각했다.

대 영광송때 나타나신 전능하신 분과 하느님의 어린양 노래때 나타나신 예수님

미사 중 대영광송 때 그녀는 저 멀리 빛으로 가득한 하느님의 옥좌에 계신 전능하신 분의 현존을 볼 수 있었으며 그때 그녀의 마음은 한없는 사랑으로 가득차 지극한 감사가 넘쳐 흘렀다고 말했다.

나는 카타리나의 그때의 감동을 충분히 이해할 수 있었다. 왜냐하면 나도 주님과의 만남을 맛본 경험이 있었기 때문이다.

그리고 "하느님의 어린양 세상의 죄를 없애시는 주님 저희에게 자비를 베푸소서"를 노래할 때는 예수님께서 한없이 자비로운 얼굴로 그녀의 앞에 나타나셨다고 증언했다.

이 얼마나 놀라운 주님의 현존이신가!

우리가 진심으로 주님을 만나고 싶은 간절한 마음으로 기쁘게 성전을 찾아와 주님께 감사의 미사를 올려드린다면 자비로우신 우리 주님께서는 반가이 우리를 찾아오시어 다정히 만나 주시리라!

이 증언을 읽으며 성가대원인 내게 또 다른 깨달음도 왔다. 주님께서는 우리가 주님만을 바라보며 간절한 마음으로 부르는 모든 성가 안에도 주님은 참으로 기쁘게 우리의 마음 안으로 따스히 찾아오신다는 사실을!

봉헌시간에 보여진 놀라운 광경

봉헌 시간에는 성모님께서 카타리나에게 이렇게 기도하라고 말씀하셨다.

"주님! 저는 당신께 저의 전부를 봉헌합니다. 제가 가진 모든 것, 제가 할 수 있는 모든 것을 당신 손 안에 드립니다. 당신 아드님의 공로를 통해 저를 변화시켜 주소서.

오! 지극히 높으신 하느님, 제 가족과 저희를 공박하는 모든 사람과 저의 보잘것없는 기도 안에 맡겨진 모든 사람을 위해 당신께 청합니다.

제 마음을 그들이 가는 길바닥에 깔아놓는 법을 제게 가르치소서.

그리하여 그들의 삶의 여정이 힘들지 않고 그들이 온유한 사랑을 느낄 수 있게 하소서."

이렇게 우리의 마음을 길에 깔아줌으로써 다른 이들의 삶의 발걸음을 고통에서 좀 더 덜어줄 수 있는 기도, 이것이 예수님께서 우리에게 바라시는 기도 방법임을 카타리나에게 가르쳐주셨다고 했다.

이 말씀에 내게도 즉시 깨달음이 왔다. 이러한 삶이 바로 예수님께서 우리에게 손수 실천하셨던 삶이었다는 것을!

그리고 봉헌 시간에 그녀가 본 놀라운 사실들을 이렇게 증언했다.

기도를 마치고 봉헌 시간이 되자 그때 갑자기 수많은 사람들이 자리에서 일어나기 시작했다. 그들은 내가 전혀 본 적이 없는 사람들이었다. 마치 성당 안에 있던 모든 사람들의 옆구리에서 젊고 아름다운 모습으로 변한 다른 사람들이 튀어나온 것 같았다. 그들은 빛나는 하얀 겉옷을 입고 있었고 좌석에서 중앙 통로로 나와 엄숙하게 제대 앞으로 나갔다.

그때 성모님께서 말씀하셨다.

"잘 들어라. 저들은 여기 있는 모든 사람들의 수호천사들이다. 그들이 주님의 제대 앞에 신자들의 희생 제물과 청원을 가져가는 순간이다."

그 순간 나는 너무 놀랐고 그 광경에 완전히 압도되었다. 그들의 모습은 너무나 아름답고 그들의 얼굴은 글로 표현할 수 없을 만큼 너무나 신비롭고 경이롭게 빛을 품고 있었다.

그리고 그들은 경이로운 빛을 뿜어내어서 마치 여자처럼 부드러우면서도 그들의 몸매와 손과 전체의 모습은 남자의 모습이었다. 고 그녀는 증언했다.

또한 그들의 맨발은 바닥에 닫지 않은 채 미끄러지듯 움직였다. 마치 바닥 위에 떠 있는 것 같았다. 천사들의 행렬이 너무나 아름다웠다.

이때의 카타리나의 증언은 천사들의 발이 땅 위로 살짝 떠서 미끄러지듯 다니던 내가 만났던 그 천사들의 모습과 똑같았다.

그리고 그녀는 말했다. 그들 중 몇 명은 무엇인지 빛나는 것이 든 금빛 대접 같은것을 손에 들고 있었는데 거기서 흰색과 금색의 빛이 나왔다. 그때 그것에 대해 거룩하신 동정녀께서 말씀하셨다.

이들은 많은 청원을 위해 이 거룩한 미사를 바치는 사람들의 수호천사들이다. 이 미사가 무엇을 의미하는 것인지를 참으로 알고 있는 사람들의 수호천사들이다. 주님께 드릴 것과 희생으로 드릴 것을 가지고 있는 사람들의 수호천사들이다.

너는 이 순간 모든 것을 희생 제물로 바쳐라. 주님께 너의 슬픔, 너의 고통, 너의 꿈, 너의 낙심, 너의 기쁨, 너의 청을 드려라. 거룩한 미사는 무한한 가치를 지니고 있음으로 너희는 너희의 소망과 간청을 희생 제물과 봉헌물로 풍성하게 드려야 한다.

그리고 그 천사들 뒤로 손에 아무것도 들지 않은 또 다른 이들이 걸어 나왔다. 그들은 빈손으로 거기 서 있었다.

거룩한 동정녀께서 말씀하셨다. 이들은 여기 있기는 하나 아무것도 희생하지 않는 이들의 수호천사들이다. 그들은 이 거룩한 미사의 모든 전례에 아무런 관심도 없다. 그들은 하느님의 제대 앞에 가져갈 아무런 희생 제물이 없다.

또 그들의 맨 뒤엔 아주 슬픈 표정의 천사들이 나왔다. 그들은 기도하기 위해 두 손을 모으고 시선을 아래로 내리고 제대 앞으로 나왔다.

그때 성모님께서 말씀하셨다. 그들은 미사의 사회적 의무 때문에 억지로 나와 있는 사람들의 수호천사들이다. 그들 자신은 거룩한 미사에 참례하고 싶은 마음이 없는 사람들이다. 이 수호천사들은 제대에 바칠 수 있는 것이 자신들의 기도밖에는 아무것도 없기 때문에 슬퍼하며 나온다.

너희들의 수호천사를 그렇게 슬프게 하지 마라.

그냥 많은 것을 간청하면 된다. 죄인들의 회개를, 세상의 평화를, 너희 가족과 이웃, 너희가 기도하는 사람들을 위해서 청하여라.

너뿐만 아니라 다른 사람들을 위해서 많은 것을 청하고 요구하고 졸라라. 무엇보다 너의 원수를 위해서.

너희가 속죄의 제물로서 너희 자신을 바치는 것을 주님께서는 가장 마음에 들어하신다는 것을 기억하여라.

그들의 행렬은 너무나 경이롭고 비현실적으로 아름다웠다.

그리고 하늘나라의 모든 존재들이 제대 앞에서 절을 했다. 어떤 천사들은 그들의 선물을 바닥에 내려놓았다. 그리고 어떤 천사들은 이마가 거의 바닥에 닿도록 무릎을 꿇었다. 이렇게 모든 천사들이 제대에 다다르자 그들은 사라져 보이지 않았다.

"거룩 하시도다" 를 노래할때 제대위의 놀라운 변화

예물 시간이 끝나고 모인 하느님의 백성들이, "거룩하시도다! 거룩하시도다! 거룩하시도다!"를 외치자 갑자기 집전하는 사제들 뒤에 있던 모든 것이 사라졌다.

대주교의 왼쪽 뒷편 비스듬한 방향에 수천 명의 천사들이 작은 천사, 큰 천사, 큰 날개의 천사, 작은 날개의 천사, 날개가 없는 천사들이 아까 묘사했던 천사들처럼 모두 사제와 복사가 입은 흰 제의 같은 하얀 옷을 입고 있었다.

모두가 기도하는 자세로 두 손을 모으고 무릎을 꿇고 흠숭의 표시로 머리를 숙였다. 사람들은 아주 많은 성가대가 여러 음성으로 노래하는 것 같은 훌륭한 음악을 들었다. 그리고 모두가 한 목소리로 하느님의 백성과 함께 노래했다.

"거룩하시도다! 거룩하시도다! 거룩하시도다!"

그리고 모든 기적 중의 가장 경이로운 순간이 왔다.

바로, 빵과 포도주가 예수님의 몸과 피로 변화되는 기적의 순간이었다. 대주교의 오른편 뒷쪽 사선 방향으로 많은 사람의 무리가 보였다. 그들은 똑같은 파스텔톤의 겉옷을 입었는데 여러 가지의 밝고 연한색의 옷들을 입고 있었다.

그들의 얼굴은 똑같이 기쁨에 가득차 빛나고 있었다. 그리고 모두 나이가 비슷해 보였다. 그러나 그들이 각자 나이가 다르다는 것을 알 수가 있었다. 하지만 모두 얼굴이 비슷했다. 그리고 모두가 주름도 없고 행복한 표정이었다.

그들은 "거룩하시도다! 거룩하시도다! 거룩하시도다!"라고 노래하는 사람들 곁에 모두 무릎을 꿇었다. 그때 사랑하올 어머니께서 말씀하셨다. 이들은 모두 하늘나라에 있는 성인들의 복자들이다.

미사 안에 함께 계시는 성모 마리아

그때 갑자기 나는 대주교 바로 오른편에 지극히 거룩하신 동정녀 마리아를 보았다. 미사를 집전하는 대주교에게서 한 걸음 뒤 바닥에서 조금 떠 계셨는데 매우 곱고 값진 천 위에 무릎을 꿇고 계셨다. 그 천은 마치 수정처럼 맑은 물처럼 투명하고 빛났다. 지극히 거룩하신 동정녀 마리아께서는 두 손을 모으고 무릎을 꿇고 주의를 기울여 지극한 존경심으로 집전 사제를 바라보고 계셨다.

거기서 그분은 나를 보지 않고 매우 낮은 목소리로 내 마음속에 직접 말씀하셨다. "대주교보다 뒤에 있는 나를 보아서 놀라지 않았느냐? 그것은 당연하다. 나의 아들이 내게 큰 사랑을 베풀어 주었지만 사제들에게 준 그런 존엄과 권능, 즉 사제의 손이 매일 거행하고 이루어 내듯이 매일 내 손으로 예수님을 이 세상에 데려오는 힘은 내게 주지 않았다. 그러므로 나는 하느님께서 사제를 통해 이루시는 모든 기적에 그토록 큰 주의와 존경을 가지고 이 자리에서 무릎을 꿇는 것이다.

이렇게 하느님께서는 얼마나 큰 존엄과 은총을 사제들의

영혼에 부어 주시는가! 아마도 많은 사제들 자신들도 그 큰 영광의 은총을 알지 못하리라!"고 카타리나는 말했다. 나 또한 사제에게 내리신 은총이 그토록 대단하다는 사실에 정말 놀랐다.

그리고 카타리나는 계속 말했다.

제대 앞에 회색빛을 띤 사람들의 그림자 몇몇이 두 손을 쳐들고 나타났다. 그때 지극히 거룩한 동정녀께서 말씀하셨다.

이들은 위로 올라가기 위해, 고통을 줄이기 위해, 너희의 기도를 기다리는 연옥에서 온 불쌍한 영혼들이다. 그들을 위해 기도하는 것을 멈추지 마라. 그들은 너희를 위해 기도할 수는 있으나 그들 자신을 위해서는 아무것도 할 수 없다. 그들이 연옥에서 나와서 거룩하신 하느님을 뵐수있게 도울수 있는 것은 오직 너희들의 기도뿐이다.

그리고 성모님께서 계속 말씀하셨다. 나는 내가 발현한 그 어떤 성지에서보다 거룩한 미사에 더 오랜 시간을 머무른다. 거룩한 성체성사가 거행되는 제대 발치에서 너희는 나를 언제나 만날 수 있다.

나는 감실 아래서 천사들과 함께 머문다. 나는 언제나 주님 곁에 주님과 함께 머물러 있기 때문이다.

나는 성모님께서 카타리나에게 하신 이 말씀에 참으로 기뻤다. 성모님께서 우리가 드리는 모든 미사 가운데 항상 주님과 함께 제대 위에 머물러 계신다니! 그리고 미사 때마다 제대 위에 계신 성모님을 만날 수 있다는 희망에 너무나 행복했다. 그리고 카타리나를 통해 알려주신 이 모든 귀한 사실들에 성모님께 진심으로 감사드렸다.

우리가 드리는 모든 미사 시간들이 바로 천국에 머무는 시간들이라고 말했듯이 나 또한 이러한 카타리나의 감동함을 완전히 이해하며 또한 미사에 집중하지 않고 형식적으로 드리는 미사로 인해 그토록 아름다운 천국의 환희 안에 머물 수 있는 기회를 우리는 얼마나 많이 놓치고 있는가!

그리고 거룩하신 동정녀께서 사람이 하느님 앞에 무릎을 꿇을 때보다 더 아름다운 때는 없다고 사람들에게 알리라고 말씀하셨다고도 했다.

나 또한 내가 개신교 신자였을 때 주님 앞에 겸허히 무릎 꿇은 천주교 신자들의 모습이 얼마나 아름다웠던지 그 고귀한 기도의 모습이 오랜 세월 동안 내 안에 머물렀던 때를 기억한다.

성체 변화때의 놀라운 광경

그리고 그녀는 계속 그녀가 본 사실들을 증언했다.

집전 사제가 빵과 포도주가 예수님의 몸과 피로 변화되는 성 변화의 축성문을 발했다. 그때 평상시의 키였던 대주교가 갑자기 커지기 시작하더니 빛으로 가득찼다. 그 빛은 이 세상 것이 아니었다. 흰색과 금색의 빛이 그를 둘러싸고 그의 얼굴에서 아주 강하게 뿜어져 나와 그의 얼굴을 더이상 바라볼 수가 없었다.

그가 성체를 들어올리자 나는 그의 손을 보았다. 그의 손등에는 표시가 있었는데 그곳에서 크고 강력한 빛이 뿜어져 나왔다.

바로 예수님이셨다!

집전 사제의 몸을 당신의 몸으로 휘감은 분은 바로 예수님이었다.

부드럽고 사랑스럽게 대주교의 손을 붙잡고 감싸고 있는 듯했다.

이 전대미문의 순간에 성체가 커지기 시작하더니 점점 더 커져서 그 안에 예수님의 경이로운 얼굴이 나타났다. 주님은 당신의 백성을 바라보고 계신 것 같았다.

그때 성모님께서 이렇게 기도하라고 하셨다.

저의 하느님 당신을 믿고 찬미하며 의지하고 사랑하나이다.

당신을 믿지 않고 찬미하지 않으며 의지하지 않고 사랑하지 않는 자들을 위해 기도하오니 용서해 주소서. 그리고 이제 네가 얼마나 주님을 사랑하는지를 말씀드려라. 왕 중의 왕이신 주님을 흠숭하여라.

나는 말씀대로 기도한 후 나는 모든 천사와 하늘의 성인들처럼 이마가 바닥에 닿을 정도로 깊이 머리를 숙였다. 그리고 그 순간 나는 어떻게 예수님께서 집전하는 사제의 모습 속에 나타나시고 동시에 큰 성체 안에도 계실 수 있는지를 잠깐 생각했다. 그리고 사제의 손이 내려갈 때 다시 전처럼 작아졌다.

곧이어 대주교가 포도주 위에 축성문을 발했다. 그 말과 동시에 하늘과 제대 뒷쪽에서 밝은 빛이 비치기 시작했다. 갑자기 성당 안에 있던 천장과 벽들이 사라졌다. 주위는 모두 어두워졌다. 오로지 제대 위에 빛나는 광체만이 뻗어 있었다.

그때 갑자기 나는 공중 높이에서 머리를 가슴에 푹 떨어트리고 십자가에 못박혀 계신 예수님을 보았다. 십자가 양쪽 가로 막대는 크고 힘센 팔이 받치고 있었다. 그 빛 중앙에서 반딧불 같고 아주 작고 빛나는 비둘기 같은 작은 빛줄기가 흘러나왔다. 그리고 그 빛은 성전 안을 온통 떠다녔다.

마침내 대주교의 왼쪽 어깨 위에 내려앉았는데 대주교는 아직도 예수님의 모습을 하고 있었다. 왜냐하면 나는 예수님의 긴 머리카락과 빛나는 성흔과 큰 몸을 뚜렷이 구별할 수 있었기 때문이다.

그러나 주님의 얼굴은 볼 수 없었다.

못 박히신 예수님의 얼굴과 팔에서는 찢어진 살점이 너덜거

리는 상처뿐이었다. 오른쪽 옆꾸리에서 피가 솟구쳐 흘러내리고 있었다.

그것은 물처럼 보이지만 아주 눈부시게 빛났다.

그것은 신자들을 향해 쏟아지는 빛다발 같았다. 그리고 그 빛은 오른쪽으로 왼쪽으로 움직였다. 나는 엄청난 피가 성작에서 넘쳐흘러 온 제대를 적실 거라 생각했다. 그러나 한 방울도 넘치지 않았다.

순간 동정녀 마리아께서 말씀하셨다. 주님은 축성의 순간 미사에 참석한 모든 회중을 예수님께서 십자가에 못 박히시던 순간으로 데려가신다고.

주님의 기도때 주신 예수님의 교훈

그후 우리가 주님의 기도를 바치려고 할 때, 주님께서 말씀하셨다.

이 시간 특히 깊이 집중하여라. 너에게 상처와 증오를 준 사람들을 떠올리고 그들을 너의 품에 꼭 끌어안고서 "나는 예수님의 이름으로 당신을 용서하고 당신에게 평화를 빕니다.

그리고 예수님의 이름으로 나는 당신에게 용서를 청하고 평화를 바랍니다."라고 기도하여라.

그리고 그녀는 계속 증언했다.

"주님의 평화가 여러분과 함께" 하실 때 나는 서로 포옹하고 있는 몇몇 사람들 사이에서 매우 강력한 빛이 빛치기 시작하는 것을 보았다. 그 빛이 곧 예수님이라는 것을 알았다. 그래서 그녀는 온 힘을 다해 옆 사람을 끌어안았다. 그리고 그녀는 그 초자연적인 빛 가운데서 평화를 주시는 주님의 포옹을 느낄 수 있었다고 말했다.

성체 모실때 주신 예수님의 교훈과 나타난 현상

그리고 집전 사제가 영성체를 하는 순간 나는 대주교 옆에 있는 모든 사제를 주목했다. 대주교가 성체를 모실 때 동정녀 마리아께서 말씀하셨다. 지금은 집전사제와 그를 보좌하는 모든 사제를 위해 기도할 때이다.

나를 따라 하여라.

"주님, 당신 사랑으로 당신 사랑 안에서 그들을 축복하시고, 거룩하게 하시고, 도와주시고, 깨끗하게 하시고, 사랑하시고, 돌보시고, 지켜주소서." 하고 모든 사제들과 수도자들을 위해 기도하여라.

이렇게 하느님께서는 사제에게 맡긴 사람들이 그들의 목자를 위해 기도하고 그가 거룩해지는데 도움이 되기를 바라신다고 말씀하셨다.

이제 사람들이 자리에서 일어나 성체를 모시러 나가기 시작했다.

위대한 만남의 순간에 주님께서 말씀하셨다.

네가 봐야 할 것이 있다. 그때 어떤 내적 충동이 내 눈을 들어 어떤 사람을 보게 했다. 그녀는 막 자신의 혀 위에 성체를 받아 모시는 중이었다. 사제가 주님의 몸을 그녀의 혀 위에 놓자 한 줄기 빛이 나오더니 그 빛이 처음에는 그녀의 등을, 그리고는 등에서 어깨로, 그리고 머리로 그녀의 몸을 관통하여 희고 찬란한 금빛으로 빛났다.

주님께서 말씀하셨다.
"이것이 완전히 깨끗한 마음으로 나를 모시러 나오는 영혼을 내가 기뻐하며 껴안는 방법이다!"

예수님의 음성은 몹시 기쁘고 행복한 사람의 음성이었다. 나는 너무나 어리둥절하고 놀라서 주님의 포옹 속에 빛으로 둘러쌓여 자기 자리로 돌아가는 그 교우를 바라보았다.

이 증언을 읽으며 나는 정말 깊이 깨우쳤다. 나 또한 얼마나 자주 완전히 깨끗치 못한 상태로 주님의 몸을 모셔 왔던가! 그로 인해 그토록 엄청난 축복인 주님과의 뜨거운 사랑의 포옹을 놓치고 있었는지를….

그리고 나는 마음 안에 다짐했다. 깨끗치 못한 영혼으로 하느님을 모시는 무례는 절대 범하지 않으리라고!

그리고 카타리나가 성체를 모시러 나가자 예수님께서 그녀에게 말씀하셨다.

"나는 너희와 함께 너희 안에서 세상 끝날까지 함께 있기를 원해 성체성사를 재정했다. 내 생명보다 더 사랑하는 너희가 고아로 남아 있는 것을 나는 견딜 수가 없기 때문이다.

이 얼마나 애절한 우리를 향한 주님의 사랑이신가!

그때 카타리나는 이렇게 말했다.

그날의 성체는 전혀 다른 맛이었다. 그 성체는 피와 향이 섞인 것이었는데 나를 완전히 충만케 했다. 또 그녀는 넘치는 주님의 사랑에 감동의 눈물이 넘쳐났다고 말했다.

그리고 카타리나가 자리로 돌아와 무릎을 꿇었을 때 주님께서 말씀하셨다.

"들어 보아라."

그러자 갑자기 내 앞에 앉아 있는 방금 성체를 모신 부인의 기도 소리가 내 안에 들리기 시작했다.

그녀는 입을 벌리지 않고 마음속으로 기도하고 있었다.

그녀의 기도 내용은 오직 주님께 부탁드리는 요구의 기도

들뿐이었다.

예수님께서는 슬픈 목소리로 말씀하셨다.

"그녀의 기도 속엔 단 한 번도 나를 사랑한다고 말한 적이 없었고 내가 준 모든 선물에 감사하다고 말한 적이 없다.

나는 사람들을 내게로 끌어 올리기 위해 모든 이들을 위한 선물로서 하늘로부터 내 신성을 보잘것없는 이 땅의 인성으로 가져왔다.

그러나 많은 사람들은 그런 나에게 감사하다고 말하지 않는다.

대부분이 내게 받으러 오는 사람들이다."

주님의 이 말씀에 내 가슴은 찢기우듯 아파왔다. 주님께서는 우리를 살리기 위해 살이 찢기우는 고통을 겪으시며 죽기까지 하신 엄청난 사랑을 우리에게 베풀어 주셨으나 아직도 그 사랑을 깨닫지 못하는 어리석은 인간들을 보시며 가슴 아파하시는 주님의 애처러운 모습에 뜨거운 눈물이 나도 모르게 솟구쳐 올라왔다. 얼마나 한심하고 섭섭하셨으면 그렇게까지 말씀하셨을까!

대주교 강복때 주신 예수님의 조언과 성모님의교훈

카타리나는 또 증언했다.

대주교가 강복 주기 위해 나오자 거룩한 동정녀께서 말씀하셨다.

집중해라, 너희가 무엇을 하는지 주의해서 보아라. 너희는 거룩한 성호 대신에 그저 꺾여진 십자 표시를 한다.

기억하여라. 이 강복은 너희가 사제의 손에서 받는 마지막 강복이 될 수도 있다. 이 성전을 떠난 뒤 너에게 죽는 순간이 올지도 모른다. 축복된 손이 너희에게 지극히 거룩한 성삼의 이름으로 강복을 주는 것이다. 그러므로 이번이 네 일생의 마지막인 것처럼 존경과 흠숭하는 마음으로 십자 성호를 그어라.

그리고 미사가 끝나자 예수님께서는 카타리나에게 말씀하셨다.

미사가 끝나면 서둘러 성전을 떠나지 마라. 아주 잠시만 내 곁에 머물러 나의 현존을 향유하고 너희가 내 곁에 있다는 기쁨을 내가 누릴 수 있게 하여라.

그리고 나는 네가 나와 함께 있기를 원하는 만큼 나는 언제나 너와 함께 있어준다. 고 말씀하셨다.

그 말씀에 나는 참으로 주님께 감사드렸다. 내가 힘들고 아플때, 그리고 기쁠 때나 외로울 때, 그 어떤 상황에서도 우리가 주님의 도움을 바라며 그분을 부르기만 한다면 언제나 응답하시고 기쁘게 우리 곁으로 다가오시는 주님임을 생각하니 아! 내 자신이 얼마나 행복한지! 어느새 내 영혼은 포근한 주님품 안으로 따스히 안겨들고 있었다.

그리고 주님께서 카타리나에게 또 말씀하셨다.

너희 집안에 나를 위한 장소를 마련하고 하루에 단 5분 정도라도 온 가족이 나를 찾아와 그날에 대한 감사와 생명을 주심에 감사하고 그날에 필요한 모든 것을 청하고 축복과 보호와 건강을 청하는 곳이 되어야 한다.

그리고 한 달에 한 번만이라도 오늘은 우리가 감실에 계신 예수님을 찾아가는 날이라며 온 가족이 내 앞에 나와 지난번 이후로 너희가 어떻게 지냈는지 내게 이야기해주고, 또 너희들의 어려움과 문제들을 내게 맡기고 필요한 것들을 내게 청하며 너희들의 삶 속에 나를 포함시키는 가정이 과연 얼마나 될까?

나는 너희들의 모든 것을 훤히 안다. 그러나 너희가 직접 나에게 말해 주는 것을 나는 좋아한다.

나는 너희가 나를 너희의 한 가족처럼, 가장 가까운 친구처럼 그렇게 너희의 삶 안에 나를 포함시킬 때 나는 가장 기쁘다.

너희의 삶 안에 어떤 자리도 나에게 내어주지 않는 사람들은 얼마나 많은 은총을 잃어버리는지!

그리고 또 주님께서 몹시 괴로워하시면서 말씀하셨다.

주님을 받아모시고 주님을 만나는 그 놀랍고도 경이로운 느낌을 잊어버리고 주님을 모시는 일이 그저 습관이 되고 타성이 되어 그저 부르심에 대한 의무로 주님을 모시는 사람에게는 주님께서 그들에게 새롭게 말씀을 주실 것이 전혀 없다고 하시며 또한 매일 주님을 모시고 많은 시간을 기도로 보내고 많은 교회 활동을 하지만 그들의 삶에 주님을 닮아가는 변화가 없다면 노력한 모두가 헛되다는 사실을 깨달아야 한다고 말씀하셨다 한다.

이 얼마나 소중한 주님의 가르침이신가!

참으로 지혜롭고 현명한 신자들이란, 오직 주님의 이 참된 말씀을 마음판에 깊이 새겨 넣고 매 순간 되뇌이며 주님을 닮아가는 삶을 살도록 노력하는 사람들이다.

제발, 평생을 믿음 생활로 보냈던 당신의 삶이 헛되지 않기를….

하느님 자녀들의 임무에 대한 교육

그리고 계속 주님께서 카타리나에게 말씀하셨다. 세례를 받아 하느님의 자녀가 되어 주님께로부터 많은 것을 받고 있는 모든 믿음의 자녀들은 주님의 삶을 닮아 사랑을 전해야 하며, 굶주린 이웃과 나누며, 감옥에 갇힌 이에게 희망을 주고,

죽음을 앞둔 환자들을 찾아가 두려워하는 그들의 손을 잡고 자비를 구하는 묵주 기도를 드리고 악마의 유혹에서 그들을 구하기 위해 선과 악의 싸움의 순간에 우리의 기도로 그들을 도울 수 있는 용기를 가져야만 한다.

그리고 끝없는 하느님의 자비와 사랑을 전하며 예수님과 성모님께서 당신을 따스히 품에 안아 주시려고 기다리시고 계신다는 놀라운 사실도 전해 그들에게 위안과 힘을 줄 수 있어야만 한다고 하셨다.

하느님의 자녀가 된 우리는 "나아가 기쁜 소식을 전파하라."고 말씀하신 주님의 명령을 잊지 말아야 한다.

또한 주님이 바라시는 일들을 실행하고 성취하려면 항상 예수님을 우리 안에 모시고 그분과 함께 살며 그분의 말씀을 먹고 살아야만 한다.

“너희는 먼저 하느님의 나라를 찾아라. 그러면 이 모든 것들도 곁들여 받게 될 것이다.”라고 주님께서 말씀하셨기 때문이다.

여러분이 다음번 미사에 참례할 때는 살아있는 미사가 되게 하십시오!

아멘!

3장

벼락을 맞았습니다

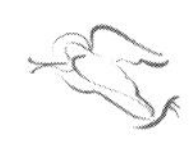

어느 주일날 믿음 좋은 교우 한 분이 내게 권해준 책의 이름은《벼락을 맞았습니다(아베마리아 출판)》였다. 콜롬비아 출신인 저자 글로리아 폴로 오르티츠 박사는 치과의사로서 콜롬비아 수도인 보코타에 있는 보코타 국립대학에서 자신이 직접 벼락을 맞은 후 죽음 가운데서 겪었던 사건들을 쓴 책이다.

내가 이 글을 읽고 모든 사람들과 함께 나누고자 하는 이유는 만물을 창조하신 하느님은 참으로 살아계시며 인간 세상과 만물을 주관하시고 다스리신다는 확고한 사실을 재 확인시키기 위함이다.

또한 인류 창조주이신 하느님 아버지의 존재를 믿지 않으며 사후의 세계 또한 믿지 않는 불쌍한 인간들을 깨우치기 위해 하느님은 때로 인간을 통해 하느님의 존재를 알리신다. 그 가운데 한 분의 글로서 놀라운 그녀의 사후 체험을 함께 나누어 우리 모두가 구원의 삶에 많은 도움이 되어지기를 간절히 바라며 그분 증언의 독후감을 간단히 정리해 전하려고 한다.

1995년 5월 벼락을 맞았읍니다

비가 내리던 1995년 5월 5일 오후 그녀는 대학에서 논문 자료를 정리하기 위해 같은 치과의사였던 조카와 함께 우산을 쓰고 다른 건물로 가던 중 벼락을 맞아 조카는 그 자리에서 즉사했고, 그녀는 온몸이 까맣게 탄 상태로 그녀의 영혼이 육체를 이탈해 이 세상과 저 세상을 오가며 체험한 모든 사실들을 기록한 글이다.

벼락맞는 순간 그녀의 심장은 마비되었고 그녀의 몸엔 전류가 흘러 두 시간 동안 아무도 접근할 수 없었기에 뇌 또한 산소 부족으로 완전히 손상되었고 내장 또한 거의 타버렸었기에 모든 의료진들은 이미 그녀를 포기한 상태였다. 그때 그녀의 죽음 안에서 체험했던 사후의 세계를 전하고 있다.

그녀는 말했다.

제 몸 전부는 엄청난 벼락으로 인해 숯처럼 타 버렸습니다. 두 젖꼭지는 사라져 버렸고 왼쪽 가슴에는 큰 구멍이 생겼습니다. 몸에 살이라고는 찾아볼 수 없고 입술과 복부, 간과 신장, 그리고 폐와 난소와 몸의 하체와 발까지 완전히 제 몸의 안과 밖을 시꺼멓게 태운 뒤 번개는 내 오른발을 통해 빠져 나갔습니다.

검게 탄 제 몸이 병실에 누워 있는 동안 제 영혼은 하얀 터널 속에 있었습니다. 묘사할 수 없이 밝은 하얀 빛이 제 주위를 감싸고 있었는데 그 안에서 저는 환희와 평화와 행복을 충만하게 느낄 수 있었습니다.

그 빛 안에서 저는 제가 아는 모든 산 사람과 죽은 사람들을 만났습니다. 제가 그들과 포옹할 때 그들의 생각과 감정들을 볼 수 있었습니다. 저는 모든 이들을 제 품안에 받아들이면서 동시에 계속 위로 올라갔습니다. 올라갈수록 더 경이로운 광경을 볼 수 있었으며 그 길의 끝에서 멋진 나무들로 둘러싸인 환상적인 호수를 보았습니다. 그 광경들은 너무도 경이롭고 아름다웠으며 온통 사랑으로 둘러쌓인 것 같았습니다.

내 앞에 무엇인가를 둘러싸고 있는 듯한 나무 두 그루가 있었습니다.
마치 입구처럼 보였습니다. 그 나무는 지상에서의 나무나 색깔들과는 전혀 다르게 말로서 묘사할 수 없을 만큼 아름다웠습니다.

그 순간 저는 저와 함께 사고당했던 조카가 그 경이로운 정원으로 들어가고 있는 것을 보았습니다. 저는 그곳으로 무척 들어가고 싶었지만 제겐 허락되지 않았습니다.

그 순간 저는 제 남편의 목소리를 들었습니다. 그는 저를 부르며 외치고 있었습니다.

"글로리아! 제발 나를 혼자 버려두지 마! 우리 아이들은 당신이 필요해!"

그 순간 저는 이 모든 상황을 보았습니다. 그 순간 주님께서는 저를 다시 세상으로 보내 주셨습니다.

나를 둘러싸고 있는 그 평온과 기쁨이 충만한 그곳에서 벗어나고 싶지 않았지만 제 의지와는 상관없이 저는 서서히 현실로 돌아오면서 거의 죽은 상태로 침대에 누워 있는 제 몸이 있는 방향으로 움직이기 시작했습니다.

그당시 의사들은 작동이 완전히 먼춘 제 심장에 전기 충격을 가하고 있었습니다. 그때 저는 제 몸으로 돌아와 내 영혼의 발로 제 몸에 달린 머리의 정수리를 건드렸습니다. 그때 제 몸 위로 아주 강한 불꽃이 튀었습니다. 그러면서 제 영혼은 다시 제 몸 안으로 매우 강하게 빨려들 듯 끌려 들어갔습니다.

그 시점부터 정말 엄청난 화상의 고통이 시작되었습니다. 얼마나 탔던지 그때까지 제 몸의 모든 부위에서 연기와 증기가 뿜어져 나오고 있었습니다.

제가 육신으로 돌아오자 포기했던 의사들은 놀라며 기뻐했고 다시 저를 살리려 애쓰고 있었으나 저의 고통은 이루 말할 수 없었습니다.

저는 지극히 세속적인 여자였고 능력있는 전문직 여성이란 자만으로 가득찼으며, 저는 오직 내 몸의 외적 아름다움만을 가꾸고 숭배하는 것만이 제 삶의 전부였습니다.

그러나 이제 그 아름답던 몸은 거의 없어져 버렸습니다. 예쁘던 가슴엔 큰 구멍이 나 있고 예쁘던 다리는 까맣게 타버린 돼지 바베큐처럼 정말 보기도 끔찍했습니다. 이렇게 그토록 정성들여 보살피고 가꾸었던 몸은 참으로 처참했습니다.

그녀는 이렇게 그때의 상황을 설명했다.

부끄러운 고백

그리고 그녀는 계속 그녀의 지난 삶을 고백했다.

저는 몸매를 가꾸기 위해 자주 굶어가며 다이어트를 했고 또 신앙적으로도 다이어트한 사람이었습니다. 저는 죄질이 참 나쁜 가톨릭 신자였습니다. 항상 강론이 짧은 미사를 찾아다녔고 다만 주일 미사에 참석하는 것만이 하느님과 저의 사이를 잇는 유일한 끈으로 지독하게도 무미건조하고 메마르고 결핍된 관계였습니다.

이 세상 삶에 자신만만했던 저에게는 기도의 보호가 필요 없었으며 신앙은 거추장스러운 것이었습니다.

사실 그때까지 저를 교회에 붙잡아 두었던 유일한 끈은 바로 지옥과 악마에 대한 두려움 때문이었습니다. 그러나 대학 시절 현세의 문명 사회에서는 지옥도 악마도 없다고 여겨 구닥다리 교회의 규칙을 애쓰고 지키며 살 필요가 없다고 생각했습니다. 바로 그때가 제가 주님과의 관계를 끊게 된 결정적인 이유가 되었습니다.

그때부터 저는 죄의식도 느끼지 못한 채 대학 동료들에게도 하느님은 결코 존재하지 않으며 인간은 자연 발생적으로 생겨났으며 악마도 존재하지 않는다고 말했고, 그 모든 일들은 성직자들이 꾸며낸 것이라고 말하며 많은 사람들에게 나쁜 영향을 주는 데 성공했습니다.

그녀는 지난 삶을 그렇게 고백했다.

그런 그녀의 삶 안으로 하느님께서 개입하심을 우리는 볼 수 있다.

그리고 그녀는 벼락이란 매개체를 통해 그녀의 눈으로 직접 하느님과 천국, 그리고 사탄과 지옥의 존재를 확인했으며 이 진실된 체험을 우리에게 절실하게 전해주고 있다.

악마는 정말 존재합니다

그녀는 말했다.

그때 저는 정말로 악마들이 있다는 것을 직접 제 눈으로 똑똑히 보았습니다. 악마들이 저를 데리러 왔기 때문입니다.

갑자기 수술실 벽을 통해 수많은 어두운 형상들이 밀려 들어오는 것을 보았습니다. 그들의 끔찍하고 무서운 눈매로부터 증오가 뿜어져 나오고 있었습니다.

그때 저는 그들에게 제가 빚을 졌다는 사실을 순식간에 알아챘습니다. 죄에 대한 그들의 제안을 제가 받아들였기 때문에 계산하러 온 것입니다. 이제 저는 그 값을 치러야만 했고 그 값은 제 자신이었습니다.

죄는 사탄의 것이며 사탄은 그 죄를 공짜로 준 것이 아니었기에 저는 그 값을 치러야만 했습니다. 이렇게 우리가 계속 죄를 지으면 자연히 사탄의 노예로 전락하는 것입니다.

그러나 죄를 뉘우치고 구원자 우리 주님께 도움을 요청한다면 그분은 기꺼이 우리의 죄값을 치러주십니다.

이렇게 그녀는 우리가 지은 죄에 대한 회개의 중요성을 그녀의 확고한 체험을 통해 우리에게 강하게 권고하고 있다.

그녀는 계속 증언했다.

그렇게 그 어둠의 무리들이 벽에서 튀어나와 수술실로 마구 들어와 수술실 안을 가득 채웠습니다. 저는 소름이 돋고 너무 무서워 마구 덜덜 떨었습니다. 그들은 저를 데려가려고 저를 애워싸기 시작했습니다. 저는 필사적으로 도망치는데 저는 놀랍게도 벽도 통과할 수가 있었습니다. 벽을 통과하는 순간 제 영혼은 어떤 터널 내부로 들어갔고 그 터널은 밑으로 뻗어 있었습니다.

지옥의현실

터널 내부는 벌집같이 아주 작은 사람들이 웅성거리며 때를 지어 몰려다니는데 더럽고 사나운 털을 곤두세우고 이빨을 으르렁거리며 큰 소리를 질러댔습니다. 저는 계속해서 땅 속 아래로 깊숙히 빨려 들어갔습니다. 그 터널의 깊고 어두운 곳까지 끌려 들어갔습니다.

그 암흑은 참으로 어둡고 불쾌했습니다.

그때 저는 위쪽 빛 속에 계신 어머니를 보았습니다. 그때 저는 깨달았습니다. 어머니가 입고 있는 태양처럼 밝게 빛나는 그 하얀 옷들이 모두 이 세상에 살면서 참석했던 미사의 성찬식이었다는 사실을.

그러나 저는 그 밑에서 극도로 캄캄하고 끔찍한 공포와 고통과 지독한 냄새와 상상할 수 없는 끔찍한 인물들과 형상들 가운데 있었습니다. 그러나 그 참을 수 없던 악취는 바로 제게서 풍겨 나오고 있었습니다.

그리고 저는 악마와 유사하게 생긴 끔찍한 짐승을 보았는데 그 짐승은 바로 제가 그동안 저지른 흉악한 행위로 꼴사납게 변한 바로 저였습니다.

저의 어머니는 주님의 빛으로 된 의복을 입고 있었는데 저는 검은 짐승, 즉 시커먼 쓰레기 자루 같은 옷을 입고 끔찍한 짐승의 형상을 하고 있었습니다.

그런 상태로 깊은 발 아래 늪지에 도달했는데 그곳엔 사람들이 그 늪의 수렁에서 목까지 잠긴 채로 신음하고 있었습니다. 그 늪은 더러운 정액의 늪으로 이 세상에서 결혼 이외에 쾌락의 죄값을 치르는 곳이었습니다.

그곳에서 저는 나의 아버지를 보았습니다. 그는 지독한 더러운 냄새가 진동하는 오물 구덩이에서 목까지 빠져 있는 것을 보고 저는 너무 고통스러워 외쳤습니다.

"아버지 여기서 뭐하는 거예요?"

그러자 아버지는 우는 소리로 제게 말했습니다.

"내 딸아 나의 간통과 정결치 못한 행동 때문이란다."

그후 저는 무방비 상태로 계속 터널 아래로 미끄러져 내려가 어느 평평한 광장에 도달했습니다. 그리고 갑자기 그 땅이 열리는 것을 보았습니다. 마치 엄청나게 큰 입을 벌리는 듯했습니다. 땅은 살아 있고 움직였습니다.

그 구렁은 강력한 힘을 가지고 있어 저는 끝없는 추락으로 강력하게 빨려 들어갔습니다. 그 추락은 끝없이 어둠으로 끌려들어 갈 것이라는 사실을 본능적으로 알아챘습니다. 그곳은 제 영혼의 영적 죽음으로써 다시는 돌이킬 수 없을 것 같았습니다.

엄청난 공포를 느끼는 중에도 그 나락의 가장자리에 미카일 대천사가 제 발을 붙잡고 있는 것을 갑자기 깨달았습니다. 몸은 그 구렁으로 떨어졌지만 발은 미카엘 대천사의 손에 꽉 붙잡혀 있었습니다.

그리고 제가 그 나락의 언저리에 매달려 있을 때 어떤 미약한 빛이 악령들을 방해하는데 그 빛은 제 영혼 안에 그때까지 남아있던 것이었습니다. 그러자 모든 괴물들이 제게로 달려들었습니다. 징그러운 애벌레나 흡혈기 같은 구역질 나는 괴물들이 제 몸을 뒤덮었습니다.

그 상황에서 저는 소리쳤습니다.

"제발 나를 이곳에서 벗어나게 도와주세요!"

그러자 제 안에서 쥐어뜯는 듯한 고통이 솟구쳤습니다. 그 순간 수백만 명의 영혼들이 엉엉 소리내며 크게 울고 있는 것을 알았습니다. 그리고 그곳엔 수없이 많은 영혼들이 이를 깨물고 신음하며 고통을 당하고 있는 것을 보았습니다. 그들은 하느님의 부재로 인한 죄의 결과였습니다.

저는 치과 의사로서 가난한 사람들에겐 치료비를 받지 않을 때도 있었고 힘든 사람들에겐 치료비를 적게 받기도 했었습니다. 그래서 저는 착한 사람이라는 말을 듣고 살았습니다. 그래서 저는 그 어둠 속에서 계속 "나는 선한 가톨릭 신자"라고 소리쳤습니다.

그때 저는 한순간 작은 빛줄기를 보았습니다. 아주 작은 빛이었지만 그 구렁 속이 절대적인 암흑이였기에 그 작은 빛은 뚜렷하게 드러났습니다.

그 암흑의 구덩이 위로 계단이 몇 개 보였는데 그 위에 아버지가 서 계셨습니다. 아버지는 저보다 몇 단계 위의 구덩이 언저리에 서 계시며 저보다 좀더 많은 빛을 받고 있었습니다.

그리고 4단계 위에는 어머니가 계셨는데 어머니는 더 많은 빛을 발산하고 있었습니다. 그리고 어머니는 기도에 오롯이 몰두하는 모습이었습니다. 그때 저는 너무나 반가워 저를 이곳에서 구해달라고 부모님께 소리쳤습니다. 그때 저의 부모가 얼마나 고통스러워하시는지 제가 그들의 깊은 내면을 즉시 볼 수 있었습니다.

아버지는 얼굴을 감싸고 울고 계셨고 어머니는 계속 기도하셨습니다.

그러나 그들이 저를 위해서 아무것도 할 수 없다는 것을 알았습니다.

그들이 자식인 저를 보면서 고통을 겪는 것은 부모로서 자녀들을 악에 물들지 않도록 파수꾼의 역할을 제대로 못한 것에 대한 벌이었습니다.

이렇게 제가 부모님께 소리치고 있을 때 지상에서의 내 육신은 깊은 혼수 상태에 있었습니다. 내가 소리치는 내 외침에 침대 곁에 있던 내 여동생이 그 소리를 듣고서 이제 언니가 이 세상을 떠나는 마지막 소리로 착각하고는 "언니 가지마!" 하며 저를 향해 소리치고 있었습니다.

하느님께서 주신 십계명의 시험

제가 그 어둠 속에 매달려 "나는 가톨릭 신자"였다고 절망적으로 울부짖는 순간, 갑자기 매우 부드럽고 사랑스러운 어떤 목소리를 들었습니다. 그 소리를 들었을 때 제 영혼은 온통 흥분으로 가득 차서 전율했습니다. 그 소리는 바로 천상의 소리였습니다. 이어서 제 영혼 깊숙이 평화가 자리 잡으면서 저는 상상할 수 없는 사랑의 감정에 사로잡혔습니다.

그러자 그때까지 저를 둘러싸고 있던 악의 형상들은 도망치듯 제게서 물러갔습니다. 어둠의 세력은 사랑과 평화를 견딜 수 없기 때문입니다.

그때 그 사랑의 목소리가 저에게 말씀하셨습니다.

"그래, 좋아! 정말 네가 가톨릭 신자였다면 하느님의 십계명은 확실하게 알고 있겠구나!"

첫째 계명, "한 분이신 하느님을 흠숭하여라!"

어머니는 사랑의 첫 계명에 대해 생전에 자주 언급하셨기에 궁지에 몰린 저에게 도움이 되었습니다. 저는 대답했습니다. "가장 큰 계명은 '하느님을 모든 것 위에 사랑하고 네 이웃을 네 몸같이 사랑하라.'입니다."

그러자 "아주 좋아!"란 대답이 들려왔습니다.

하지만 그 친절한 목소리가 제게 이렇게 물었습니다.

"그런데 너는 네 이웃을 사랑했니?"

제가 곧바로 대답했습니다.

"예, 예, 사랑했어요. 정말 사랑했어요. 예, 예, 사랑했습니다."

그러자 다른 목소리가 말했습니다.

"아니야!"

매우 간단 명료하고 날카로운 부정이었습니다. 그때 저는 벼락을 맞은듯 몸이 마비되는 것 같았습니다. 그 날카로운 목소리는 계속 말했습니다.

"너는 네 주 하느님을 모든 것보다 더 사랑하지 않았어! 네 이웃을 네 몸같이 사랑한 적도 결코 없었어! 다만 네가 큰 곤경에 처한 순간에만 하느님께 자리를 내어 드렸지!"

오래전 네가 가난했을 때 너는 직업 교육과 사회적 지위와 돈을 원하며 저의 소원을 잊지 말아 달라고 매일 기도하고 그분 앞에 엎드렸지! 그것만이 네가 하느님과 맺었던 관계였지!"

그 목소리가 말한 모든 사실들이 저의 비참한 진실이었습니다.

제가 훌륭한 직업을 갖자마자 명성을 얻고 돈을 많이 쥐는 능력을 갖자마자, 하느님은 제게 별로 중요하지 않았습니다. 저는 한없이 오만해져 하느님께 아주 작은 사랑의 표시도 하지 않았습니다.

그리고 감사하는 일은 더더욱 없어졌습니다. 모든 일들은 제 자신이 이룩했다고 생각했기 때문에 제가 하느님께 그토록 간청했던 것은 더이상 기억하지 못했습니다. 저는 이 세상을 살아가는 데 저 혼자의 힘으로도 충분했습니다.

날카로운 음성이 말했습니다.

"네가 경배하는 유일한 하느님은 돈이야!

돈이란 우상 때문에 너는 완전히 하느님으로부터 멀어졌어!"

이 말들은 모두가 정확한 사실이었습니다.

둘째 계명, "하느님의 이름을 함부로 부르지 마라."

그때 그 목소리가 저를 꾸짖었습니다. 저는 어려서부터 거짓말의 대가였습니다. 저의 상황은 점점 더 심해져 성인이나 주님의 이름을 걸고 거짓말을 하는 데 완벽했습니다.

저는 어머니께 완벽한 거짓말을 하기 위해 "사랑하는 그리스도께 맹세하건데…" 또는 "하느님의 이름을 걸고 맹세하건데…" 하며 아무런 가책도 없이 거룩하신 하느님의 이름을 오용했습니다.

그러나 때로는 어머니가 그래도 믿지 않을 때면 저는 매우 자주 "내 말이 거짓이라면 내가 벼락을 맞을게요!"라고 말했습니다.

이제 저는 정말로 벼락을 맞았고 그 벼락이 저를 사실상 두 동강이를 내며 저를 완전히 까맣게 태워 버렸습니다.

그래도 주님께서는 저의 그 사악하고 엄청난 죄과들을 참아 내셨던 것입니다. 저는 그 사실을 깨닫고 큰 감명을 받았습니다.

그녀의 이 증언을 읽자, 내가 소중히 아끼고 간직하고 있는 책 중에 《우리 주 예수 그리스도의 수난의 시간》(카톨릭 출판)이란 책에서 내 마음에 날카롭게 박혔던 한 문장이 떠올랐다.

그것은 우리가 죄를 지을 때마다 주님 머리에 쓰신 가시들이 그분의 골수를 마구 찔러대는 무서운 고통을 그분께서 겪으신다는 것이다.

나는 오직 2천 년 전 주님께서 매달리셨던 십자가의 처참한 고통만을 생각했다. 그러나 지금도 우리가 살아가면서 짓는 작은 죄까지도 그분의 고통을 통해서만이 죄가 해결된다는 사실에 나는 망연자실 했다.

현재 우리가 짓고 있는 이 수많은 죄들로 주님께서는 지금도 계속 그 십자가의 참옥한 고통들을 매순간 겪고 계신다니!

그 말씀은 날카롭게 내 심장에 꽂혔고 내 양심은 나의 죄로 인해 도저히 주님께 더이상 고통을 드릴 수가 없었다. 그래서 그 말씀은 나를 죄에서 차츰 멀어지게 했다.

나는 분명히 여러분에게 말하고 싶다. 진실로 주님을 사랑한다면 주님께 더이상 못박힘의 고통을 드리지 않도록 필사적으로 죄를 멀리해야만 한다고!

셋째 계명, "주일을 거룩히 지내라."

그 목소리는 아주 또렷하고 냉냉하게 제게 말했습니다. 제가 몸치장하고 외모를 가꾸는 데는 매일 4~5시간을 허비했으나 주님께 사랑과 감사나 기도드리는 데는 채 10분도 할애

하지 않았다고.

저는 기도하지 않았으며 감사한 적도 없었습니다. 적어도 주일만이라도 그분께 감사와 사랑을 표해야 했습니다.

또한 제가 사제와 수녀들을 비판하고 험담할 때 악령들이 어떻게 제게 달라붙는지를 보여주셨습니다. 그리고 성체, 성혈의 변화가 사제를 통하여 이루어지기 때문에 악마들은 사제를 가장 증오합니다.

기름 부은 사제의 손을 악마들은 얼마나 싫어하는지 아십니까? 천상으로부터 권한을 받은 그 손을 완강히 철저하게 증오합니다.
그리고 성체를 영하는 우리 가톨릭 신자들 또한 극히 혐오합니다. 왜냐하면 성체 성사가 천국으로 가는 문을 열어놓기 때문입니다.

우리는 하느님께 통회함으로 죄를 씻습니다. 고해실은 물과 비누가 아닌 예수 그리스도의 피로서 영혼을 씻는 욕실입니다.

저는 제 영혼이 제 고백을 통해 어떻게 깨끗해지는지를 보았습니다.

제가 진심으로 뉘우치며 모든 죄를 고백하자 사탄이 저를 속박해 놓았던 사슬을 주님께서 풀어주셨습니다.

그리고 지극히 겸손하신 거룩한 동정녀께서 주님께 경배하며 주님 발치에 이마를 바닥에 닿을 때까지 숙이며 저를 위해 기도하시는 모습도 보았습니다.

넷째 계명, “부모에게 효도하여라.”

주님께서는 제가 부모님께 얼마나 배은망덕 했었는지를 똑똑히 보여주셨습니다. 제가 얼마나 자주 부모님께 심하게 욕하고 저주하며 비난하고 막말로 완전히 무시 했었는지를.

저는 제 입에서 그런 막말이 나왔다는 것에 저 자신도 너무나 놀랐습니다. 또한 아버지의 무질서한 사생활에 마구 반박했으며 저의 부모인 이 두 분을 이혼시키려고 앞장서서 강하게 권고 하기까지 했습니다.

다섯째 계명 “살인 하지마라.”

이 대목에선 저는 살인한 적이 없었기에 자신있었습니다. 그러나 주님께선 정말 자세하게 제가 얼마나 혐오스럽고 잔혹한 살인자였는지를 보여주셨습니다.

저는 제 나이 16세 때 저의 약혼남의 아이를 임신했습니다.

그리고 어머니 몰래 친한 친구의 권고로 낙태를 시킨 적이 있었습니다.

그 사실을 주님께서는 제게 보여주셨습니다.

정자와 난자가 하나가 될 때 형언할 수 없는 아름다운 광채가 뿜어 나왔는데 그 빛은 마치 태양처럼 빛났습니다. 그 빛은 하느님의 끝없는 사랑의 빛이었습니다. 하느님의 창조에 의해 정자와 난자가 결합되는 순간 그 영혼은 이미 완전히 성숙하게 다 자란 상태입니다.

영혼은 육체처럼 성장하는 것이 아니기 때문입니다.

영혼은 완벽하며 하느님의 모상 그 자체입니다. 영혼과 하나된 그 어린 생명은 하느님의 심장에서 나온 성령에 잠깁니다.

그런데 낙태를 하는 의사가 그 영혼을 주님의 손에서 떼어낼 때 주님께서 얼마나 부르르 떨며 전율하시는지 제 눈으로 똑똑히 보았습니다. 그리고 아기가 살해될 때 지르는 그 비명소리는 하늘에 울려퍼지며 그곳을 진동시킵니다. 제 아이가 낙태될 때도 그렇게 심장을 도려내듯 크고 강한 비명을 지르는 것을 저는 들었습니다.

그리고 의료진들이 아기를 집게로 집어 조각낼 때 그 작고

여린 생명이 살아 남기 위해 얼마나 발버둥치며 사력을 다해 필사적으로 있는 힘을 다해 우는것을 저는 생생하게 보았습니다.

그리고 그때 십자가에 달리신 예수님께서 그 영혼들로 인해 괴로움으로 신음하시는 모습과 고통으로 가득찬 주님의 눈을 보았습니다.

그리고 그 어린 생명이 살해될 때 내지르는 비명을 들을 때 지옥에서는 미친듯이 승리의 환호성을 내지릅니다.

그리고 저는 저의 돈으로 쟁취한 힘의 영향력으로 여러 여자들을 움직여 그들이 낙태하도록 조장하고 그것에 필요한 비용까지 지불해 주었습니다. 그런데 이 모든 사실들이 하늘에 있는 제 삶의 책에 기록되어 있었습니다.

또한 실제 살인하지 않았더라도 이유 없이 증오하며 질투에 사로잡혀 그에게 나쁜 일이 있기를 바라거나 나쁜 해를 입힐 때 그 자체만으로도 이미 살인에 해당되는 것을 우리는 알아야 합니다.

여섯째 계명, “간음 하지마라”

저는 자신있었습니다. 단 한 번도 결혼 후에 남편 외에는 성관계를 가진 적이 없었기 때문입니다.

그러나 저를 당황하게 한 사실은 제가 다른 남자들에게 저의 육체를 자랑하여 그들이 나쁜 상상을 하도록 유혹했다는 것도 간음으로 간주되었기 때문입니다.

동성 문제도 인간이 동물들의 행동을 따라하는 것으로 하느님의 모상인 우리 각자에게 만들어 주신 불멸의 영혼을 개 앞에 던져버리는 꼴입니다.

일곱째 계명, "도둑질하지 마라"

저는 안심했습니다. 그러나 주님께서는 제가 집 안에 풍족하게 쌓아둔 많은 생필품들이 썩어서 버려질 때 전 세계의 수많은 사람들이 굶주리고 있었음을 보여주시며 제게 말씀하셨습니다.

나는 배가 고팠다. 그런데 내가 너에게 준 것을 가지고 네가 어떻게 했는지를 보아라. 그것들을 전혀 소중하게 여기지 않아 썩게 했다.

그리고 나는 추웠다. 그런데 너는 얼마나 최신 유행과 외모의 노예가 되어 네 육신을 우상으로 떠받들고 섬겼다.

그리고 제가 누군가를 험담이나 비난함으로써 그들의 명예를 훔쳤다는 사실도 깨우쳐 주셨습니다.

여덟째 계명, "거짓 증언을 하지 마라."

저는 거짓의 전문가 였습니다.

하느님 아버지께서는 사랑과 용서와 화해와 평화를 가르치십니다.

그러나 제 머릿속엔 언제나 증오와 복수심으로 가득차 있었으며 남을 험담하며 나쁜 별명을 붙여 상대방의 일생을 상처 속에 살게 했고 사악한 마음으로 남의 약점을 잡아내어 떠벌리며 그를 찔러대는 일과 중상모략으로 남에게 상처를 주는 일들을 제 주변에서 해왔었습니다.

열째 계명, "남의 재물을 탐내지 마라."

그 목소리가 제 삶을 살필 때 제가 지은 모든 악한 행위, 죄, 원한의 뿌리가 소유욕에 있었다는 사실을 저는 분명히 알았습니다. 이는 소유욕과 남이 가진 것에 대한 질투로 인한 집착의 결과였습니다. 그로 인해 저는 하느님과 한없이 멀어져 갔고 결국 악마의 소유물로 전락했던 것입니다.

제가 벼락 맞던 날 구급대원들이 저를 공공병원으로 데려갔는데 그곳엔 환자가 너무 많아 병실이 없어서 저의 구급대원들이 "이 환자를 어디에다 눕힐까요?" 하고 계속 물었지만 의료진들의 대답은 똑같이 "저기 구석이나 아무 바닥에나 눕혀 놓으세요!"라고만 대답했습니다.

하느님께서는 이런 방법으로 저를 완전히 버림받은 인간의 처지를 체험할 수 있게 하셨습니다.

그렇게 제가 버림받고 사경을 헤맬 때 주님이 저를 찾아오셨습니다. 그리고 그분께서 부드러운 목소리로 제게 말씀하셨습니다.

"나를 보려무나 네가 이제 죽어가고 있으니 나의 자비를 구하고 나의 자비를 원하는 마음을 보여주어라."

그때 저는 '내가 뭘 잘못했다고 자비를 청하란 말인가?' 하며 그 말씀을 이해할 수가 없었습니다. 저는 그토록 양심이 완전히 무뎌져 이미 양심이 없었습니다.

그녀는 이렇게 고백했다.

그녀의 이 증언에서 나는 한없는 주님의 뜨거운 사랑에 감동하여 가슴이 메어왔다. 어쩌면 그토록 그녀의 죽음의 순간까지도 그녀의 영혼을 구하시려고 주님께서 애원하시며 "나의 자비를 구하는 너의 마음을 내게 보여주렴!" 하시며 끝까지 그녀의 회심을 애타게 기다리시는 주님의 모습에 나도모를 감격의 눈물이 눈시울을 잔잔히 적셔왔다.

계속 그녀는 증언했다.

돈에 대한 집착의 한 예를 들어보겠습니다.

저는 마치 불에 탄 고기덩어리 같아 소생할 가능성이 없어 보였기에 의사들의 관심 밖에 놓여 있던 그런 상황에서도 저는 제 손가락에 끼고 있던 다이아몬드 반지를 도둑당할 것이 염려되어 제 반지를 빼려고 애썼습니다. 그러나 손이 타고 부어올라 빼는 것이 불가능해지자 저는 크게 걱정했습니다. '만일 내가 이대로 죽으면 누군가가 이 값진 반지를 훔쳐가겠지!' 하고 염려하고 있을 때 마침 형부가 오셔서 그 다이아 반지를 남편에게 전해달라고 부탁하고 여동생에게 아이들을 부탁하고 나니 편안하게 죽을 것 같았습니다. 그러면서 또 내 은행 잔고가 마이너스인데 내 장례비를 어디서 구하나 걱정했습니다.

저는 이렇게 죽는 마지막 순간까지도 영생이나 영혼의 미래나 주님의 친절하신 제안 같은 것은 안중에도 없었고 오직 마지막 생각과 순간을 시시콜콜한 이 세상 것들에만 치중하고 있었습니다.

그녀의 이 증언에 나는 또다시 크게 놀랐다. 악마의 손에 잡혀 있는 인간들의 모습이 얼마나 한심하고 또 불쌍하기 그지없는가!

그러나 우리의 현실 속엔 아직도 수많은 사람들이 자신의 옳은 의지와는 상관없이 악마의 명령만을 따르는 참으로 어리석기 그지없고 한심한 양심으로 삶을 살아가고 있지 않은가!

"이제, 더 늦기 전에 우리는 스스로의 삶을 되돌아 보아야만 한다! "

그녀는 계속 말했다.

십계명의 시험이 끝나고 제 삶의 기록책을 덮자 저는 여전히 저 아래 끔직한 지옥 언저리에 매달려 있음을 깨달았습니다. 그 아래 끝에는 문이 하나뿐이었고 그곳을 통과하면 영원한 암흑으로 다시는 못나올 것이라는 생각이 들자 저는 필사적으로 성인들의 이름을 불러대며 구해달라고 소리쳤으나 주위는 조용한 적막 가운데 위로가 없는 공허가 느껴졌습니다.

그 순간 제가 위를 올려보자 제 어머니와 시선이 마주쳤습니다. 그때 저는 어머니께 구해달라고 소리치자 어머니께 크고 놀라운 은총이 내렸습니다. 완전히 굳은 자세로만 서 있던 어머니가 갑자기 당신의 두 손가락을 위로 올리시며 제게 위를 쳐다보라는 몸짓을 하셨습니다.

그 순간 제 눈에서 두 개의 큰 껍질이 떨어져 나갔는데 엄청나게 아팠습니다. 그러자 제 앞엔 형언할 수 없는 아름다운 장면이 보였는데 그 가운데 예수 그리스도님께서 서 계셨습니다. 저는 목청껏 외쳤습니다.

주 예수 그리스도님! 저를 불쌍히 여기소서!
저를 용서하소서! 제게 두 번째 기회를 주소서!

그러자 최고의 아름다운 순간이 제 앞에 펼쳐졌습니다.
우리 주 예수 그리스도님께서 내려오셔서 그토록 끔찍한 구렁에서 저를 꺼내 주셨습니다. 그분께서 제 손을 잡고 올라가실 때 수많은 해충들과 구역질나고 역겨운 짐승들과 저를 따갑게 파고들던 것들이 제 몸에서 떨어져 나갔습니다.

그리고 그분께서는 저를 평탄한 지점으로 데려가셔서 형용할 수 없는 무한한 사랑으로 제게 엄격하게 말씀하셨습니다.
너는 두 번째 기회를 얻어 지상으로 돌아가게 될 것이다. 네가 지상으로 돌아가는 은총은 너의 가족들의 기도는 당연한 것이지만 네 가족이 아닌 사람들의 간곡한 기도 덕분이다.

그 순간 저는 수많은 빛이 헌신적이고 순수한 사랑으로 가득찬 작고 하얀 불꽃들이 빛을 발하는 것을 보았습니다. 모두가 하느님 앞에 저를 위해 드리는 기도의 빛들이었습니다.

그리고 주님께서 말씀하셨습니다. 너는 이제 지상으로 돌아가 네가 겪은 이 사실들을 천 번의 천 번인 백만 번이라도 이야기하고 전해야 한다!

그 후 숯덩이같이 까맣게 탔던 그녀의 온몸을 하느님께서는 완전히 회복시켜 주셨으며 그녀를 당신의 귀한 도구로 쓰시고 계신다.

그녀가 겪은 이 모든 체험들은 바로 하느님께서는 참으로 살아계시며 인간의 삶 안에 깊이 개입하시고 우리의 삶을 주관하신다는 사실과 천국과 그리고 악마와 지옥 또한 확실하게 존재함을 알리시고자 글로리아 자매를 통해 우리에게 전하시는 주님의 강력한 메시지라고 나는 생각한다.

이렇게 하느님을 만난 세 여자의 참된 증언들이 모든 사람들의 구원의 삶에 많은 도움이 될 수 있기를 간절히 바라며...

눈 있는 자는 참된 이 사실들을 볼 것이요,
귀 있는 자는 참된 이 사실들을 들을 것이며
입 있는 자는 참된 이 사실들을 전할 것이고
지혜로운 자는 참된 이 사실들을 믿고 삶을 천상으로 향할지니

우리의 남은 삶의 길이 슬기로운 인생 여정이 되어 다 함께 영원한 천상의 나라에 들 수 있기를 기원한다.

하느님을 만난 세 여자

초판 1쇄 2021년 11월 25일
지은이 김성아
발행인 김재홍
총괄 · 기획 전재진
디자인 김은주 김다윤
마케팅 이연실

발행처 도서출판지식공감
등록번호 제2019-000164호
주소 서울특별시 영등포구 경인로82길 3-4 센터플러스 1117호(문래동1가)
전화 02-3141-2700
팩스 02-322-3089
홈페이지 www.bookdaum.com
이메일 bookon@daum.net

가격 10,000원
ISBN 979-11-5622-620-8 03810